# TRANZLATY

## La Langue est pour tout le Monde

### A nyelv mindenkié

# La Métamorphose

## Az átváltozás

## Franz Kafka

## Français

## Magyar

ISBN: 978-1-83566-891-7
Die Verwandlung
Franz Kafka, 1915

www.tranzlaty.com

## Première partie
### Első rész

**Gregor Samsa se réveilla un matin après des rêves agités.**
Gregor Samsa egy reggel nyugtalan álmokból ébredt.
**Il se retrouva dans son lit, incapable de bouger.**
Az ágyában találta magát, de mozdulni sem tudott.
**Il avait été transformé en un monstre vermineux.**
Szörnyűséges féreggé változott.
**Il était allongé sur le dos, une carapace dure comme une armure.**
A hátán feküdt, ami kemény volt, mint a páncél.
**En relevant légèrement la tête, il pouvait voir son ventre.**
Ha kicsit felemelte a fejét, láthatta a hasát.
**Mais son ventre était bombé et divisé en segments.**
De a hasa kupolás volt, és szegmensekre tagolódott.
**La couverture reposait sur son ventre arrondi.**
A takaró a kerekded hasán pihent.
**Mais la couverture était sur le point de glisser complètement.**
De a takaró majdnem teljesen lecsúszott.
**Ses jambes étaient pitoyables comparées à leur taille habituelle.**
A lábai szánalmasak voltak a szokásos méretükhöz képest.
**Et ses nombreuses pattes s'agitaient impuissantes devant ses yeux.**
És sok lába tehetetlenül pislákolt a szeme előtt.
**« Que m'est-il arrivé ? » se demanda-t-il.**
„Mi történt velem?" – gondolta magában.
**Mais ce n'était pas un rêve dont il ne pouvait se réveiller.**
De ez nem egy olyan álom volt, amiből ne tudott volna felébredni.
**Il se trouvait bel et bien dans sa propre chambre.**
Valójában a saját szobájában találta magát.
**Une vraie chambre pour des humains, mais un peu trop petite.**
Egy igazi szoba embereknek, de egy kicsit túl kicsi.

**Il gisait tranquillement entre les quatre murs bien connus.**
Csendben feküdt a négy jól ismert fal között.
**Sur la table se trouvait une collection d'échantillons de textiles.**
Az asztalon textilminták gyűjteménye volt.
**Samsa était un vendeur ambulant, d'où les échantillons.**
Samsa utazó ügynök volt, innen erednek a minták.
**Au-dessus des échantillons de textile désassemblés se trouvait une image.**
A szétszerelt textilminták felett egy kép volt.
**Il avait récemment découpé la photo dans un magazine.**
Nemrég vágta ki a képet egy magazinból.
**Il avait placé le tableau dans un joli cadre doré.**
A képet egy szép, aranyozott keretbe helyezte.
**Le tableau encadré représentait une dame assise bien droite.**
A bekeretezett kép egy egyenesen ülő hölgyet ábrázolt.
**Elle portait un chapeau de fourrure et un manchon de fourrure.**
Szőrmes kalapot és szőrös muffot viselt.
**Elle levait la main en direction du spectateur.**
A kép nézője felé emelte a kezét.
**Son avant-bras entier disparaissait dans son épais manchon de fourrure.**
Az egész alkarja eltűnt a nehéz szőrös muffban.
**Gregor regarda par la fenêtre le temps maussade.**
Gregor kinézett az ablakon a borongós időre.
**On pouvait entendre les grosses gouttes de pluie frapper la fenêtre.**
Hallani lehetett, ahogy nehéz esőcseppek csapódnak az ablaknak.
**Le temps gris le rendait très mélancolique.**
A szürke időjárás nagyon melankolikus érzéssel töltötte el.
**« Et si je dormais un peu plus longtemps ? » pensa-t-il.**
„Mi lenne, ha egy kicsit tovább aludnék?" – gondolta.
**« Dormir davantage m'aiderait peut-être à oublier ces bêtises. »**
„Több alvás talán segít elfelejteni ezt az ostobaságot."

**Mais dormir plus longtemps était totalement impossible.**

De tovább aludni teljesen képtelenség volt.

**Parce qu'il avait l'habitude de dormir sur le côté droit.**

Mert megszokta, hogy a jobb oldalán aludjon.

**Mais son état actuel l'empêchait d'effectuer ses mouvements habituels.**

De jelenlegi állapota megakadályozta a szokásos mozdulatait.

**Il n'avait aucun moyen de se retrouver dans cette situation.**

Esélye sem volt rá, hogy ebbe a pozícióba kerüljön.

**Il fit de son mieux pour se jeter sur son côté droit.**

Minden erejével igyekezett a jobb oldalára feküdni.

**Il a probablement tenté ce mouvement une centaine de fois.**

Valószínűleg százszor megkísérelte ezt a mozdulatot.

**Mais il revenait toujours en position couchée sur le dos.**

De mindig visszabillent a hanyatt fekvő helyzetbe.

**Il ferma les yeux pour ne pas voir ses jambes qui s'agitaient.**

Lehunyta a szemét, hogy ne lássa a remegő lábait.

**Finalement, la douleur l'a empêché de réessayer.**

Végül a fájdalma megakadályozta abban, hogy újra próbálkozzon.

**Une douleur sourde au flanc qu'il n'avait jamais ressentie auparavant.**

Tompa fájdalom hasított az oldalába, amit korábban soha nem érzett.

**« Oh mon Dieu », pensa désespérément Gregor Samsa.**

„Ó, Istenem!" – gondolta magában kétségbeesetten Gregor Samsa.

**« Quel métier pénible j'ai choisi ! »**

„Micsoda megerőltető hivatást választottam magamnak!"

**« Je dois voyager tous les jours pour le travail. »**

„Nap mint nap utaznom kell a munkám miatt."

**« Le travail de bureau est beaucoup plus facile que le travail sur la route. »**

„Az irodai munka sokkal könnyebb, mint az úton."

**« Et j'ai la malédiction de devoir voyager constamment. »**

„És az az átkom van, hogy utaznom kell."

« Toutes ces inquiétudes liées au fait d'être à l'heure pour les trains. »

„Az összes aggodalom amiatt, hogy időben odaérjünk a vonatokhoz."

« Mes horaires de repas sont irréguliers et la nourriture est mauvaise. »

„Rendszertelenül étkezem, és az étel is rossz."

« Mes amis changent constamment de ville. »

„A barátaim folyton cserélődnek városról városra."

« Mes interactions sont froides et professionnelles. »

„A kapcsolataim hidegek és professzionálisak."

«Que le diable s'amuse avec ce genre de travail !»

"Hadd szórakozzon az ördög ilyen munkával!"

Il ressentit une légère démangeaison en haut de l'estomac.

Enyhe viszketést érzett a hasa tetején.

Il s'appuya contre le montant du lit, le dos contre le sol.

Háttal az ágyoszlopnak nyomta magát.

Il voulait pouvoir mieux lever la tête.

Jobban akarta tudni emelni a fejét.

Il a trouvé l'endroit qui le démangeait.

Megtalálta a viszkető pontot, ami zavarta.

Sa tête semblait recouverte de petits points blancs.

A fejét mintha apró fehér pöttyök borították volna.

Il ne pouvait pas dire ce que représentaient ces petits points blancs.

Mik voltak ezek az apró fehér pontok, nem tudta megmondani.

Il avait prévu de toucher l'endroit avec une de ses jambes.

Azt tervezte, hogy az egyik lábával megérinti a pontot.

Mais lorsqu'il toucha l'endroit, il ressentit un étrange frisson.

De amikor megérintette a pontot, furcsa hidegséget érzett.

Il a donc immédiatement retiré sa jambe.

Így azonnal elrántotta a lábát a helyéről.

Il n'avait d'autre choix que d'accepter cette sensation de démangeaison.

Nem volt más választása, mint elfogadni a viszkető érzést.

**Et il reprit sa position initiale dans le lit.**
És visszatért előző pozíciójába az ágyban.
**«Se réveiller si tôt rend vraiment stupide.»**
„Az, hogy az ember ilyen korán kel, elég hülyévé teszi."
**« Un homme doit dormir suffisamment », pensa-t-il.**
„Egy férfinak eleget kell aludnia" – gondolta magában.
**« Les autres représentants de commerce mènent une vie de luxe. »**
„A többi utazó ügynök fényűző életet él."
**« Le matin, je transfère les ordres que j'ai reçus. »**
"Reggel átadom a kapott parancsokat."
**« Pendant ce temps, ces messieurs prennent encore leur petit-déjeuner. »**
– Mindeközben azok az urak még mindig reggeliznek.
**« Imaginez un peu si j'essayais de faire ça avec mon patron. »**
„Képzeld csak el, ha megpróbálnám ezt megtenni a főnökömmel."
**«Il me licenciait avant même que j'aie fini mon petit-déjeuner.»**
„Még mielőtt befejezném a reggelimet, kirúgna."
**« Mais ce ne serait peut-être pas le pire non plus. »**
– De talán nem is ez lenne a legrosszabb.
**«Le problème, c'est que mes parents me freinent.»**
"A probléma az, hogy a szüleim visszatartanak."
**« Sans eux, j'aurais déjà démissionné. »**
„Ha ők nem lettek volna, már rég lemondtam volna."
**« J'aurais tenu tête au patron et je lui aurais dit. »**
„Szembe álltam volna a főnökkel, és elmondtam volna neki."
**« Je dirais exactement ce que je pense de lui et de son travail. »**
„Pontosan elmondanám, mit gondolok róla és a munkájáról."
**« Il tomberait de son bureau si je lui racontais tout ! »**
"Leesne az asztaláról, ha mindent elmondanék neki!"
**« Sa façon de s'asseoir à son bureau est très étrange. »**
„Nagyon furcsa, ahogy az asztalán ül."
**« Sa façon de parler à ses subordonnés n'est pas correcte. »**
„Ahogy a beosztottaival beszél, az nem helyes."

« Et le pire, c'est que son ouïe est très mauvaise. »
– És a legrosszabb az egészben, hogy annyira rossz a hallása.
«Vous n'avez donc pas d'autre choix que de vous asseoir très près de lui.»
– Tehát nincs más választásod, mint nagyon közel ülni hozzá.
« Cela dit, l'espoir n'est pas encore totalement perdu. »
„De mindezek ellenére a remény még nem veszett el teljesen."
« Je vais économiser cet argent pour rembourser les dettes de mes parents. »
„Spórolni fogok a pénzből, hogy kifizessem a szüleim adósságát."
« Je ne peux rien faire tant qu'ils lui doivent de l'argent. »
„Nem tehetek semmit, amíg még tartoznak neki pénzzel."
« Mais une fois la dette remboursée, je le ferai sans aucun doute. »
„De ha kifizetem a tartozást, akkor biztosan megteszem."
« Cela prendra probablement encore cinq à six ans. »
– Valószínűleg még öt-hat évig fog tartani.
« Oui, alors la grande séparation aura certainement lieu. »
– Igen, akkor a nagy elválás mindenképpen megtörténik.
« Pour le moment, je dois me lever. »
– Egyelőre azonban ki kell kelnem az ágyból.
« Parce que mon train part à cinq heures. »
– Mert a vonatom öt órakor indul.
Gregor regarda le réveil qui tic-tac sur la table.
Gregor az asztalon ketyegő ébresztőórára nézett.
« Père céleste ! » pensa-t-il en regardant l'heure.
„Mennyei Atyám!" – gondolta, amikor meglátta az időt.
Six heures et demie étaient déjà passées sans qu'on s'en aperçoive.
Fél hét már csendben elmúlt és elmúlt.
Et les aiguilles de l'horloge continuaient d'avancer d'elles-mêmes.
És az óra mutatói egyre csak mozogtak előre.
Et il était presque sept heures quarante-cinq.
És most már háromnegyed hét felé járt az idő.
« Peut-être que le réveil n'a pas sonné ? » pensa-t-il.

„Talán meg sem szólalt az ébresztő?" – gondolta.

**Depuis son lit, Gregor inspecta le réveil.**

Gregor az ágyából nézte az ébresztőórát.

**Le réveil était correctement réglé sur quatre heures.**

Az ébresztőóra pontosan négy órára volt beállítva.

**Il ne pouvait pas l'expliquer, mais l'alarme avait dû sonner.**

Nem tudta megmagyarázni, de biztosan megszólalt a riasztó.

**« Comment ai-je pu dormir sans m'en rendre compte après avoir entendu le réveil ? »**

„Hogy aludhattam át a vekkert anélkül, hogy tudtam volna?"

**Quand elle sonne, l'alarme fait même trembler les meubles.**

Amikor megszólal a riasztó, még a bútorokat is megrázza.

**Il savait que son sommeil n'avait pas été du tout paisible.**

Tudta, hogy az álma egyáltalán nem volt nyugodt.

**Mais c'est peut-être pour cela que son sommeil était beaucoup plus profond.**

De talán ezért volt sokkal mélyebb az álma.

**Il devait réfléchir à ce qu'il devait faire maintenant.**

Gondolkodnia kellett azon, hogy mitévő legyen most.

**Le train suivant ne partait qu'à sept heures.**

A következő vonat csak hét órakor indult.

**Prendre ce train serait quasiment impossible.**

Azt a vonatot szinte lehetetlen lett volna elérni.

**Et il n'avait pas encore emporté les textiles dont il avait besoin.**

És még nem csomagolta be a szükséges textíliákat.

**Il ne se sentait pas particulièrement frais et agile non plus.**

Nem érezte magát különösebben frissnek és fürgenek sem.

**Il y avait peut-être une chance de monter dans le train.**

Talán lett volna esély felszállni a vonatra.

**Mais une réprimande du patron était inévitable de toute façon.**

De a főnök leszidása így is, úgy is elkerülhetetlen volt.

**Le commis aurait pris le train de cinq heures.**

A hivatalnok felszállt volna az ötórás vonatra.

**Le commis de bureau était une créature sans envergure, à la solde du patron.**

Az irodai tisztviselő a főnök gerinctelen teremtménye volt.

**L'absence de Gregor aurait donc déjà été signalée.**

Tehát Gregor távollétét már jelentették volna.

**« Et si je me faisais porter malade ? » se demandait Gregor.**

„Mi van, ha beteget jelentek?" – tűnődött Gregor.

**Mais ce serait extrêmement embarrassant et suspect.**

De ez rendkívül kínos és gyanús lenne.

**Gregor n'avait jamais été malade pendant la période où il avait travaillé là-bas.**

Gregor soha nem volt beteg az alatt az idő alatt, amíg ott dolgozott.

**Et il leur avait déjà consacré cinq années de service.**

És már öt év szolgálatot adott nekik.

**Il y avait de fortes chances que le patron vienne prendre de ses nouvelles.**

Valószínűleg a főnök eljön majd, hogy érdeklődjön felőle.

**Il amènerait probablement le médecin de l'assurance maladie.**

Valószínűleg elhozná az egészségbiztosító orvosát.

**Et il blâmait les parents pour la paresse de leur fils.**

És a szülőket hibáztatná lusta fiukért.

**Ils ne pourraient formuler aucune objection à son égard.**

Nem tudnának ellene semmi kifogást emelni.

**Car pour lui, il n'y avait que deux sortes de travailleurs.**

Mert számára csak kétféle munkás létezett.

**Soit les ouvriers étaient en parfaite santé, soit ils rechignaient à travailler.**

Vagy teljesen egészségesek voltak a munkások, vagy szégyenlősek a munkától.

**Et aurait-il même tort dans cette analyse de base ?**

És vajon ebben az alapvető elemzésben is tévedne?

**Assurément, dans ce cas précis, son argument était solide.**

Bizony, ebben az esetben erős érvei voltak.

**Malgré son apparence, Gregor se sentait en réalité plutôt bien.**

A külseje ellenére Gregor valójában egészen jól érezte magát.

**Ce long sommeil inutile l'avait rendu un peu somnolent.**

A felesleges hosszú alvás kissé álmossá tette.

**Mais à part ça, il ne pouvait pas se plaindre de maladie.**

De ezen kívül nem panaszkodhatott betegségre.

**Il ressentait même une faim particulièrement forte et saine.**

Még egy különösen erős és egészséges éhséget is érzett.

**Tandis qu'il nourrissait ces pensées, l'horloge sonna de nouveau.**

Miközben ezeket a gondolatokat járta a fejében, az óra újra ütött.

**Selon l'alarme, il était alors sept heures moins le quart.**

A riasztó szerint ekkor már háromnegyed hét volt.

**Et maintenant, on frappa doucement à la porte.**

És most egy halk kopogás is hallatszott az ajtón.

**« Gregor », l'appela quelqu'un – c'était sa mère.**

„Gregor!" – kiáltotta valaki – az anya volt az.

**« Il est sept heures moins le quart », a-t-elle confirmé en entendant l'alarme.**

– Háromnegyed hét van – erősítette meg a riasztót.

**« Tu ne voulais pas partir ? » demanda la douce voix.**

- Nem akartál elmenni? - kérdezte a szelíd hang.

**Gregor eut peur en entendant sa voix répondre.**

Gregor megijedt, amikor meghallotta a hangját válaszul.

**Sa voix était toujours la même.**

A hangja még mindig az volt, ami mindig is volt neki.

**Mais une nouvelle sonorité s'était désormais mêlée à sa voix.**

De most egy új hang vegyült a hangjába.

**Un couinement douloureux s'échappa également du plus profond de lui.**

Mélyről belülről egy fájdalmas nyikorgás is előtört.

**Au début, sa voix semblait former des mots avec clarté.**

Először úgy tűnt, a hangja tisztán formálja a szavakat.

**Mais alors, Gregor entendit l'écho mental de sa voix.**

De aztán Gregor meghallotta a hangja mentális visszhangját.

**L'enregistrement de sa voix s'est interrompu de façon étrange.**

A hangfelvétele furcsa módon megtört.

**Et il n'était pas sûr d'avoir bien entendu.**

És nem volt biztos benne, hogy jól hallotta-e a dolgokat.

**Gregor éprouvait un profond désir de donner une réponse détaillée.**

Gregor mély vágyat érzett arra, hogy részletes választ adjon.

**Il voulait tout expliquer clairement à sa mère.**

Mindent világosan el akart magyarázni az anyjának.

**Mais, compte tenu des circonstances, il devait se limiter.**

De a körülményekre való tekintettel korlátoznia kellett magát.

**Et sa réponse fut beaucoup plus brève qu'il ne l'aurait souhaité.**

És sokkal rövidebben válaszolt, mint szerette volna.

**"Oui maman, ne t'inquiète pas, merci, je suis déjà levée."**

– Igen, anya, ne aggódj, köszönöm, már fent vagyok.

**La porte en bois a probablement contribué à étouffer sa voix.**

A faajtó valószínűleg hozzájárult ahhoz, hogy tompítsa a hangját.

**À l'extérieur, le changement dans la voix de Gregor est resté inaperçu.**

Kint Gregor hangjának változása észrevétlen maradt.

**La mère semblait satisfaite de son explication.**

Az anya láthatóan elégedett volt a magyarázattal.

**Et elle repartit aussi discrètement qu'elle était venue.**

És ugyanolyan csendben távozott, mint ahogy jött.

**Mais cette petite conversation a eu un effet indésirable.**

De a kis beszélgetésnek nem kívánt hatása lett.

**Il a attiré l'attention des autres membres de la famille.**

Felkeltette a többi családtag figyelmét.

**Gregor était toujours chez lui et n'était pas allé travailler.**

Gregor még otthon volt, és nem ment be dolgozni.

**Et maintenant, le père frappa lui aussi à la porte de côté.**

És most az apa is kopogott az oldalsó ajtón.

**Il frappa faiblement, mais avec détermination, du poing.**

Gyengén, de elszántan kopogott ököllel.

**« Gregor, Gregor », appela-t-il, « quel est le problème ? »**

– Gregor, Gregor – kiáltotta –, mi a baj?

**Au bout d'un moment, il avertit de nouveau d'une voix plus grave.**

Kis idő múlva ismét figyelmeztetett, mélyebb hangon.

**Mais la sœur frappa alors à la porte de l'autre côté.**

De a másik oldali ajtón most a nővér kopogott.

**« Gregor ? Tu ne te sens pas bien ? » demanda-t-elle doucement.**

„Gregor? Rosszul vagy?" – kérdezte halkan.

**« Avez-vous besoin de quelque chose ? » demanda-t-elle, inquiète.**

– Szükséged van valamire? – kérdezte aggódva.

**Gregor a répondu aux deux parties : « J'ai déjà terminé. »**

Gregor mindkét félnek így válaszolt: „Már végeztem."

**Il avait fait de son mieux pour prononcer tous les mots avec soin.**

Minden tőle telhetőt megtett, hogy minden szót gondosan ejtsen ki.

**Et il a gommé tout ce qui était ostentatoire dans sa voix.**

És mindent elűzött a hangjából, ami feltűnő volt.

**Le père semblait également satisfait de la réponse.**

Az apa is elégedettnek tűnt a válasszal.

**Et il retourna à son petit-déjeuner inachevé.**

És visszatért a befejezetlen reggelijéhez.

**Mais la sœur murmura : « Gregor, ouvre la bouche, je t'en supplie. »**

De a nővér suttogta: „Gregor, kérlek, nyisd ki."

**Mais son inquiétude à son égard ne parvenait en rien à l'émouvoir.**

De a nő aggodalma semmiképpen sem tudta megindítani.

**Gregor n'avait aucune intention de lui ouvrir la porte.**

Gregornak esze ágában sem volt ajtót nyitni neki.

**Ses voyages lui avaient permis d'acquérir certaines habitudes de prudence.**

Az utazás során némi óvatosságra tett szert.

**Et il se félicita d'avoir verrouillé les portes.**

És dicsérte magát, amiért bezárta az ajtókat.

**Il voulait d'abord se lever tranquillement, à son propre rythme.**

Először csendben akart felkelni, a maga idejében.

**Et, sans être dérangé, il voulut s'habiller.**
És anélkül, hogy zavarták volna, fel akart öltözni.
**Cela étant fait, il voulut ensuite prendre son petit-déjeuner.**
Miután ezzel végzett, reggelizni akart.
**Ce n'est qu'alors qu'il a souhaité examiner la situation plus en détail.**
Csak ezután akarta jobban átgondolni a helyzetet.
**Il savait qu'il était inutile de faire des projets au lit.**
Tudta, hogy nincs értelme terveket szőni az ágyban.
**Il serait impossible de parvenir à une conclusion sensée.**
Ésszerű következtetésre jutni lehetetlen lenne.
**Il lui était déjà arrivé de se réveiller avec de légères douleurs.**
Máskor is előfordult már, hogy enyhe fájdalmakkal ébredt fel.
**Ces douleurs se sont toujours révélées être de pures inventions de l'imagination.**
Ezek a fájdalmak mindig puszta képzelgésnek bizonyultak.
**En me levant du lit, la douleur disparaissait invariablement.**
Amikor kikeltem az ágyból, a fájdalom mindig elmúlt.
**Il était curieux de voir ce qu'il adviendrait de ces idées.**
Kíváncsi volt, mi lesz ezekkel az ötletekkel.
**Le changement de sa voix était probablement dû à un rhume.**
A hangjában bekövetkezett változás valószínűleg csak egy megfázástól volt.
**Le rhume est un risque professionnel courant pour les voyageurs.**
A megfázás csak foglalkozási ártalom az utazók számára.
**Il ne doutait pas que c'était l'explication logique.**
Nem kételkedett benne, hogy ez a logikus magyarázat.
**Il s'est facilement dégagé de la couverture.**
Könnyedén sikerült leemelnie magáról a takarót.
**Il lui suffisait d'inspirer et de se gonfler.**
Csak annyit kellett tennie, hogy beszívja a levegőt és felfújja magát.
**La couverture glissa de son corps et tomba sur le sol.**
A takaró lecsúszott a testéről, és a padlóra hullott.

**Son corps incroyablement large rendait d'autres choses difficiles.**

Hihetetlenül széles teste más dolgokat is megnehezített.

**Il aurait eu besoin de bras et de mains pour se tenir debout.**

Karokra és kezekre lett volna szüksége a felálláshoz.

**Mais il n'avait plus les membres qu'il avait autrefois.**

De már nem voltak olyan végtagjai, mint régen.

**Au lieu de bras et de mains, il avait plein de petites jambes.**

Karok és kezek helyett sok apró lába volt.

**Et ses jambes bougeaient sans cesse, sans qu'il puisse les contrôler.**

És a lábai folyamatosan mozogtak, önkéntelenül.

**Il a essayé de plier une jambe, mais au lieu de cela, elle s'est étirée.**

Megpróbálta behajlítani az egyik lábát, de az ehelyett megnyúlt.

**Il parvint finalement à contrôler une jambe.**

Végül sikerült az egyik lábát az irányítása alá vonnia.

**Mais ensuite, le mouvement des autres pattes a été libéré.**

De aztán a többi láb mozgása is felszabadult.

**Et toutes ses jambes frémissaient d'excitation extrême.**

És minden lába megrándult a rendkívüli izgalomtól.

**Il a d'abord voulu sortir le bas de son corps du lit.**

Először is ki akarta venni az alsótestét az ágyból.

**Mais il n'avait pas encore vu le bas de son corps.**

De az alsótestét még nem látta valójában.

**Et de toute façon, déplacer cette pièce s'est avéré trop difficile.**

És ennek a résznek a mozgatása amúgy is túl nehéznek bizonyult.

**Finalement, de toutes ses forces, il fit un geste audacieux.**

Végül minden erejét összeszedve egyetlen vad mozdulatot tett.

**Sans plus hésiter, il s'avança.**

További habozás nélkül előrelépett.

**Mais il avait choisi la mauvaise direction.**

De rossz irányt választott a továbblépéshez.

**Il s'est violemment cogné le corps contre le montant inférieur du lit.**

Hevesen az ágy alsó oszlopához ütötte a testét.

**La douleur brûlante qu'il ressentait lui a appris une précieuse leçon.**

Az égő fájdalom, amit érzett, értékes leckét tanított neki.

**La partie inférieure de son corps était peut-être plus sensible.**

Talán az alsó testrésze volt érzékenyebb.

**Il a donc commencé par sortir le haut de son corps du lit.**

Így hát először a felsőtestét próbálta meg kimászni az ágyból.

**Il tourna prudemment la tête dans la bonne direction.**

Óvatosan a megfelelő irányba fordította a fejét.

**Et bientôt, sa tête se retrouva face au bord du lit.**

És hamarosan a feje az ágy szélének fordult.

**Ce mouvement prudent lui était en réalité facile.**

Ez az óvatos mozdulat valójában könnyű volt számára.

**Et sa largeur et son poids ne l'empêchaient pas de se déplacer.**

És a szélessége és a súlya sem akadályozta meg a mozgását.

**La masse de son corps suivit lentement le mouvement de sa tête.**

Testének tömege lassan követte a fej fordulatát.

**Mais ensuite, il a passé la tête au-dessus du bord du lit.**

De aztán leemelte a fejét az ágy széléről.

**Et il dut faire face à une nouvelle peur à laquelle il n'avait pas encore pensé.**

És egy új félelemmel nézett szembe, amire eddig nem is gondolt.

**Poursuivre dans cette voie pourrait s'avérer dangereux.**

Az ilyen módon történő további előrelépés veszélyes lehet.

**Il pensait qu'il allait simplement se laisser tomber.**

Azt hitte, hagyja magát elesni.

**Mais ce serait un miracle s'il ne s'était pas blessé à la tête.**

De csoda lenne, ha nem sérülne meg a feje.

**Ce n'était pas le moment de risquer de perdre connaissance.**

Most nem volt alkalmas idő az eszméletvesztés kockáztatására.

**Finalement, il vaudrait peut-être mieux rester au lit.**

Talán jobb lenne mégis ágyban maradni.

**Mais il devait ensuite faire le même effort pour revenir.**

De aztán ugyanilyen erőfeszítéseket kellett tennie, hogy visszajusson.

**Après tous ces efforts, il était allongé là, exactement comme avant.**

Minden erőfeszítés után ugyanúgy feküdt ott, mint azelőtt.

**Et maintenant, ses jambes semblaient encore plus en colère qu'elles ne l'avaient été.**

És most a lábai még dühösebbnek tűntek, mint azelőtt.

**Les mouvements de sa jambe étaient devenus encore plus incontrôlables.**

A lábai mozgása még irányíthatatlanabbá vált.

**Il ne voyait aucun moyen de sortir de la situation dans laquelle il se trouvait.**

Nem látott kiutat a helyzetből, amibe került.

**Il était impossible de faire émerger la paix et l'ordre de ce chaos.**

Ebből a káoszból nem lehetett békét és rendet teremteni.

**Mais il savait que rester au lit n'était pas une option non plus.**

De tudta, hogy az ágyban maradás sem opció.

**Tout sacrifier était l'option la plus sensée.**

Mindent feláldozni volt a legértelmesebb megoldás.

**Il s'accrochait au moindre espoir de pouvoir se lever.**

A legkisebb reményhez is ragaszkodott, hogy kikelhet az ágyból.

**S'il y parvenait, tous les risques en auraient valu la peine.**

Ha ezt sikerült volna neki, minden kockázat megérte volna.

**Mais il se souvenait aussi d'autre chose en même temps.**

De ugyanakkor eszébe jutott még valami más is.

**« Mieux vaut réfléchir sereinement que de prendre des décisions désespérées. »**

"A kétségbeesett döntéseknél jobbak a nyugodt elmélkedések."

**Il concentra tous ses efforts sur la fenêtre.**
Minden erejével az ablakra szegezte a tekintetét.
**Mais ce qu'il vit ne lui insuffla guère de confiance ni de joie.**
De amit látott, kevés önbizalmat és vidámságot keltett benne.
**La brume matinale enveloppait toute la rue étroite.**
A reggeli köd beborította az egész keskeny utcát.
**Le réveil sonna à nouveau ; il était maintenant sept heures.**
Az ébresztőóra újra megszólalt; most hét óra volt.
**« Il est déjà sept heures et il y a encore un épais brouillard. »**
„Már hét óra van, és még mindig olyan köd van."
**Il resta un moment allongé, immobile, respirant faiblement.**
Egy ideig csendben feküdt, csak gyengén lélegzett.
**Un peu de calme permettrait peut-être de retrouver une certaine normalité.**
Talán egy kis csend normalitást hozna.
**Un silence complet pourrait engendrer les conditions réelles.**
A teljes csend előidézheti a valódi körülményeket.
**Mais avant que l'horloge ne sonne à nouveau, il rompit le silence.**
De mielőtt újra ütött volna az óra, megtörte a csendet.
**«Avant que l'horloge ne sonne à nouveau, je dois être levé.»**
"Mielőtt újra üt az óra, ki kell kelnem az ágyból."
**« Je dois absolument être complètement levé à ce moment-là. »**
„Addigra már teljesen ki kell kelnem az ágyból."
**« Après 19h15, le bureau enverra quelqu'un. »**
"Negyed nyolc után az iroda küld valakit."
**"Parce que le bureau ouvrait avant sept heures."**
– Mert az iroda már hét óra előtt kinyitott.
**Et il commença alors à se balancer hors du lit.**
És most elkezdte kikászálódni az ágyból.
**Il avait cessé de se concentrer sur le haut ou le bas de son corps.**
Felhagyott azzal, hogy a felső- vagy alsótestére koncentráljon.
**Il fallut sortir tout son corps du lit.**
Teljes testének hosszával el kellett hagynia az ágyat.
**Tomber de cette façon devrait protéger sa tête, pensa-t-il.**

Ha így esne, az védené a fejét, gondolta.
**Il avait prévu de relever la tête lorsqu'il toucherait le sol.**
Azt tervezte, hogy felemeli a fejét, amikor földet ér.
**Son dos semblait suffisamment robuste pour encaisser le choc.**
Teste hátulja elég keménynek tűnt az ütéshez.
**Et le tapis était là pour amortir l'atterrissage.**
És a szőnyeg azért volt ott, hogy tompítsa a landolást.
**Ce qui le préoccupait le plus, cependant, c'était le bruit assourdissant.**
Legnagyobb aggodalma azonban a hangos zaj volt.
**Le bruit fracassant effrayerait tous les occupants de la maison.**
A csattanó hang mindenkit megijesztene a házban.
**Peut-être que le bruit fort ne les terrifierait pas.**
Talán nem ijednének meg a hangos zajtól.
**Mais ils seraient certainement inquiets s'ils l'apprenaient.**
De biztosan aggódnának, ha meghallanák.
**Mais il fallait prendre le risque d'attirer l'attention.**
De a figyelemfelkeltés kockázatát vállalni kellett.
**La nouvelle méthode s'apparentait davantage à un jeu qu'à un effort.**
Az új módszer inkább játék volt, mint erőfeszítés.
**Il devait balancer son corps par mouvements brusques et saccadés.**
Hirtelen és rángatózó mozdulatokkal kellett ringatnia a testét.
**Gregor était déjà à moitié sorti du lit.**
Gregor már félig kikelt az ágyból.
**Une nouvelle idée venait de lui traverser l'esprit.**
Most hirtelen egy új gondolat jutott eszébe.
**« Tout serait si facile si quelqu'un venait à mon secours. »**
„Minden olyan könnyű lenne, ha valaki a segítségemre sietne."
**« Deux personnes fortes suffiraient amplement. »**
„Két erős ember teljesen elég lenne."
**Son père et la servante seraient assez forts.**
Az apja és a szobalány elég erősek lesznek.

**Il leur suffirait de glisser leurs bras sous son dos.**

Csak a háta alá kellene csúsztatniuk a karjukat.

**Et ensuite, ils pourraient facilement le sortir du lit.**

És akkor könnyen kihúzhatták volna az ágyból.

**Peut-être auraient-ils dû réduire son poids progressivement.**

Talán lassan kellett volna csökkenteniük a súlyát.

**Alors, espérons-le, les jambes auraient trouvé leur utilité.**

Remélhetőleg akkor a lábak megtalálták volna a céljukat.

**« Ne serait-il pas préférable, après tout, de demander de l'aide ? »**

„Nem lenne jobb mégis segítséget hívni?"

**Le problème, bien sûr, c'est qu'il avait verrouillé les portes.**

A probléma persze az volt, hogy bezárta az ajtókat.

**Il y avait quelque chose dans cette idée qui le chatouillait.**

Volt valami a gondolatban, ami csiklandozta.

**Et malgré ses difficultés, il ne put réprimer un sourire.**

És a nehézségei ellenére sem tudta elfojtani a mosolyát.

**Il était déjà sur le point de perdre l'équilibre.**

Már most is közel állt ahhoz, hogy elvesztse az egyensúlyát.

**Chaque balancement le rapprochait un peu plus du moment où il basculerait du lit.**

Minden egyes lengés közelebb vitte ahhoz, hogy felboruljon az ágyról.

**Il allait bientôt devoir prendre la décision finale.**

Hamarosan meg kellett hoznia a végső döntést.

**Dans cinq minutes, il serait sept heures et quart.**

Öt perc múlva negyed nyolc lett.

**Tandis qu'il était plongé dans ces pensées, la sonnette retentit.**

Miközben ezeket a gondolatokat járta a fejében, megszólalt a csengő.

**« C'est quelqu'un du bureau », se dit-il.**

„Ez valaki az irodából" – mondta magában.

**Et il fut presque paralysé de peur à cause du visiteur.**

És majdnem megdermedt a félelemtől a látogató miatt.

**Ses jambes s'agitaient encore plus sauvagement qu'auparavant.**

A lábai még vadul táncoltak, mint azelőtt bármikor.
**Mais ensuite, pendant un instant, tout resta silencieux.**
De aztán egy pillanatra minden csendes maradt.
**« Ils n'ouvriront pas la porte », se dit Gregor.**
„Nem fogják kinyitni az ajtót" – mondta magában Gregor.
**Il était encore prisonnier d'un espoir insensé.**
Még mindig valami értelmetlen remény fogta el.
**Mais ensuite, bien sûr, la bonne s'est dirigée vers la porte.**
De aztán persze a szobalány az ajtóhoz lépett.
**Et, comme toujours, elle ouvrit la porte au visiteur.**
És mint mindig, kinyitotta az ajtót a látogatónak.
**Gregor n'avait besoin d'entendre que les premiers mots de bienvenue du visiteur.**
Gregornak csak a látogató első üdvözlését kellett hallania.
**Il a tout de suite compris qui était venu le chercher.**
Rögtön meg tudta mondani, ki jött érte.
**Le chef de bureau en personne était venu prendre des nouvelles de Samsa.**
Maga a főhivatalnok jött, hogy érdeklődjön Samsa felől.
**Pourquoi Gregor était-il le seul à être condamné à un tel sort ?**
Miért volt Gregor az egyetlen, akit erre a sorsra ítéltek?
**Pourquoi lui seul a-t-il dû servir dans une telle organisation ?**
Miért csak neki kellett egy ilyen szervezetben szolgálnia?
**Le moindre oubli éveillait immédiatement les soupçons.**
A legkisebb figyelmetlenség azonnal gyanút keltett.
**Tous les employés qui travaillaient là-bas étaient-ils des scélérats ?**
Minden ott dolgozó alkalmazott gazember volt?
**N'y avait-il donc parmi eux aucune personne fidèle et dévouée ?**
Nem volt közöttük hűséges és odaadó ember?
**N'auraient-ils pas pu simplement envoyer un apprenti ?**
Nem küldhettek volna egyszerűen egy tanoncot?
**Toutes ces interrogations étaient-elles vraiment nécessaires ?**
Egyáltalán szükséges volt ez az egész kérdezősködés?

**Le représentant autorisé devait-il se déplacer en personne ?**

Magának a meghatalmazott képviselőnek kellett eljönnie?

**Fallait-il vraiment informer toute la famille innocente ?**

Vajon az egész ártatlan családot tájékoztatni kellett?

**Toutes ces considérations ont poussé Gregor à agir.**

Mindezek a megfontolások cselekvésre késztették Gregort.

**Il se hissa hors du lit de toutes ses forces.**

Teljes erejéből kiugrott az ágyból.

**Il y a eu une forte détonation, mais ce n'était pas vraiment un bruit.**

Hangos csattanás hallatszott, de igazából nem is zaj volt.

**La chute avait été légèrement amortie par le tapis.**

A szőnyeg kissé tompította az esést.

**Son dos était plus élastique que Gregor ne l'avait imaginé.**

A háta rugalmasabb volt, mint Gregor gondolta.

**Le son était donc plus sourd et moins perceptible.**

Így a hang tompább volt, és nem annyira feltűnő.

**Mais il n'avait pas fait attention à sa tête pendant sa chute.**

De az esés során nem vigyázott a fejére.

**Et lorsqu'il a touché le sol, il s'est aussi cogné la tête.**

És amikor a földre esett, a fejét is beütötte.

**Il se frotta la tête sur le tapis, en colère et souffrant.**

Dühében és fájdalmában a szőnyegbe dörzsölte a fejét.

**Mais le gérant, qui se trouvait dans la pièce d'à côté, a entendu le bruit.**

De a szomszédos szobában lakó menedzser hallotta a zajt.

**« Quelque chose est tombé là-dedans », a-t-il observé avec justesse.**

„Valami beleesett" – jegyezte meg helyesen.

**Gregor essaya d'imaginer le manager dans sa situation.**

Gregor megpróbálta elképzelni a menedzsert a helyzetében.

**« La même chose pourrait-elle lui arriver ? » se demanda-t-il.**

„Vele is megtörténhetne ugyanez?" – tűnődött.

**Il a admis que cet étrange événement pouvait être possible.**

Elfogadta, hogy ez a különös esemény lehetséges.

**Puis le chef de bureau fit quelques pas vers la pièce.**

És akkor a főjegyző néhány lépést tett a szoba felé.

C'était presque une réponse grossière à la question qu'il avait posée.

Ez szinte nyers válasz volt a kérdésére, amit feltett.

Ses bottes en cuir grinçaient lorsqu'il s'approcha de la porte.

Bőrcsizmája nyikorgott, ahogy az ajtóhoz közeledett.

Depuis la pièce située à sa droite, sa servante lui chuchota quelque chose.

A jobb oldali szobából a szobalánya súgta oda neki:

"Gregor, le représentant autorisé est ici."

„Gregor, a meghatalmazott képviselő itt van."

« Je sais », dit Gregor, mais seulement à voix basse pour lui-même.

– Tudom – mondta Gregor, de csak halkan magában.

Il n'osait pas élever la voix au-dessus d'un murmure.

Nem merte suttogásnál hangosabban beszélni.

Parce que Gregor ne voulait pas que sa sœur l'entende.

Mert Gregor nem akarta, hogy a húga hallja.

« Gregor », dit le père depuis la pièce de gauche.

– Gregor – mondta az apa a bal oldali szobából.

«Le responsable est venu vérifier quel est le problème.»

– Az igazgató eljött megnézni, mi a probléma.

« Il vous a demandé pourquoi vous n'aviez pas pris le premier train. »

„Megkérdezte, miért nem a korai vonattal mentél el."

« Nous ne savons pas quoi lui dire », a déclaré le père.

– Nem tudjuk, mit mondjunk neki – mondta az apa.

« D'ailleurs, il souhaite également vous parler personnellement. »

– Egyébként személyesen is szeretne beszélni veled.

« Veuillez ouvrir la porte, afin qu'il puisse vous parler. »

– Kérlek, nyisd ki az ajtót, hogy beszélhessen veled.

« Il aura la gentillesse d'excuser le désordre dans la chambre. »

„Lesz olyan kedves, és elnézést kér a rendetlenségért a szobában."

« Bonjour, Monsieur Samsa », lui lança le directeur.

– Jó reggelt, Samsa úr! – szólt oda neki az igazgató.

Et il lui a certainement parlé de manière amicale.
És kétségtelenül barátságosan beszélt vele.
« Il ne se sent pas bien », dit la mère au gérant.
– Nincs jól – mondta az anya az igazgatónak.
« Il ne va pas bien du tout, croyez-moi, cher manager. »
„Egyáltalán nincs jól, higgye el, kedves igazgató úr."
« Sinon, pourquoi Gregor aurait-il raté le train du matin ? »
„Miért másért késte volna le Gregor a reggeli vonatot?"
«Le garçon ne pense qu'à ses affaires.»
„A fiúnak semmi más nem jár a fejében, csak az üzlet."
« Cela m'agace presque qu'il ne fasse rien d'autre. »
„Szinte idegesít, hogy semmi mást nem csinál."
« J'aimerais qu'il sorte le soir pour prendre l'air. »
„Bárcsak esténként kiment volna a friss levegőre."
« Il était en ville pendant huit jours pour affaires. »
„Nyolc napig volt a városban üzleti ügyben."
« Mais il était chez lui tous les soirs. »
„De aztán minden ilyen estén otthon volt."
«Il s'assoit à notre table et lit le journal.»
„Az asztalunknál ül és újságot olvas."
« À d'autres moments, il étudie les horaires des trains. »
„Máskor a vonatok menetrendjét tanulmányozza."
«Il lui arrive de s'occuper en faisant de la menuiserie.»
„Néha azért lefoglalja magát ácsmunkával."
« Par exemple, il a sculpté un petit cadre photo en bois. »
„Például kifaragott egy kis fából készült képkeretet."
« Pendant deux ou trois soirées, il était occupé avec la scie. »
„Két vagy három estén át a fűrésszel volt elfoglalva."
«Vous serez étonné(e) de voir à quel point le cadre photo est joli.»
"Meg fogsz lepődni, milyen szép a képkeret."
«Il a accroché le cadre photo dans sa chambre.»
"Felakasztotta a képkeretet a szobájában."
« Quand il ouvrira la porte, vous verrez ses boiseries. »
„Amikor kinyitja az ajtót, meglátja a famunkáit."
« Au fait, je suis ravi que vous soyez ici, Monsieur Prokurist. »

„Egyébként örülök, hogy itt van, Prokurist úr."
« Nous n'aurions pas pu, à nous seuls, forcer Gregor à ouvrir la porte. »
„Egyedül nem tudtuk volna Gregort rávenni, hogy kinyissa az ajtót."
« Il est tellement têtu », a avoué sa mère au vendeur.
– Olyan makacs – vallotta be az anyja a hivatalnoknak.
« Il est certainement malade, même s'il l'a nié auparavant. »
– Biztosan rosszul van, bár korábban tagadta.
« J'arrive tout de suite », dit Gregor lentement et prudemment.
– Mindjárt ott vagyok – mondta Gregor lassan és óvatosan.
Mais il ne fit aucun mouvement vers la porte de la pièce.
De nem tett mozdulatot a szoba ajtaja felé.
Il ne voulait pas perdre un seul mot de la conversation.
Nem akart egyetlen szót sem elveszíteni a beszélgetésből.
Le chef de bureau a approuvé l'évaluation de la mère.
A főjegyző egyetértett az anya értékelésével.
« Je ne peux pas l'expliquer autrement non plus, madame. »
– Én sem tudom másképp megmagyarázni, asszonyom.
« Espérons tous qu'il ne souffre d'aucune maladie grave », a-t-il déclaré.
„Reméljük mindannyian, hogy nincs komolyabb betegsége" – mondta.
« D'un autre côté, c'est un risque pour notre secteur. »
„Másrészt viszont veszélyt jelent az iparágunkban."
« Nous, les hommes d'affaires, devons souvent surmonter un certain malaise. »
„Nekünk, üzletembereknek, gyakran le kell küzdenünk a kellemetlenségeket."
« Les professionnels doivent simplement faire abstraction des petites douleurs. »
„A profiknak csak kisebb nehézségeken kell keresztülmenniük."
Pendant ce temps, son père frappa de nouveau à l'autre porte.
Közben az apja ismét kopogott a másik ajtón.

« Le chef de bureau peut-il entrer maintenant ? » demanda-t-il.

„Bejöhet most a főjegyző?" – kérdezte.

« Non, il ne peut pas », répondit Gregor à la question de son père.

– Nem, nem teheti – felelte Gregor apja kérdésére.

**Un silence gênant s'installa dans la pièce de gauche.**

Kínos csend telepedett a bal oldali szobára.

**Dans la pièce de droite, la sœur se mit à sangloter.**

A jobb oldali szobában a nővér zokogni kezdett.

**Pourquoi la sœur n'était-elle pas partie rejoindre les autres ?**

Miért nem ment el a nővér a többiekhez?

**Elle venait probablement de se lever, pensa-t-il.**

Valószínűleg most kelt ki az ágyból, gondolta.

**Elle n'a peut-être même pas encore commencé à s'habiller.**

Lehet, hogy még el sem kezdett öltözködni.

**Mais Gregor ne comprenait pas pourquoi elle pleurait.**

De Gregor nem értette, miért sír.

**Était-ce parce qu'il ne s'était pas levé pour laisser entrer le directeur ?**

Azért volt, mert nem kelt fel és nem engedte be a menedzsert?

**Était-ce parce qu'il risquait de perdre son emploi ?**

Azért, mert veszélyben volt, hogy elveszíti az állását?

**Le patron pourrait-il s'en prendre aux parents comme avant ?**

Lehet, hogy a főnök a szülők után jön, mint korábban?

**Allait-il leur formuler à nouveau les mêmes exigences qu'auparavant ?**

Vajon újra a régi követeléseit fogja felhozni velük szemben?

**Il n'y avait probablement pas lieu de s'inquiéter de ces choses-là.**

Ezek miatt valószínűleg nem kellett volna aggódni.

**Pour le moment, elle n'avait aucune raison de pleurer.**

Egyelőre nem volt oka sírni.

**Gregor était toujours là, subvenant aux besoins de sa famille.**

Gregor még mindig itt volt, és gondoskodott a családról.

**Et il n'a jamais eu l'intention de quitter sa famille.**

És soha nem állt szándékában elhagyni a családot.

**Pour le moment, il restait simplement allongé là, sur le tapis.**

Egyelőre csak feküdt ott a szőnyegen.

**La famille ignorait son état.**

A család nem tudott arról, milyen állapotban van.

**S'ils avaient su, ils n'auraient pas encouragé son patron.**

Ha tudták volna, nem biztatták volna a főnökét.

**Ils n'auraient même pas laissé entrer le gérant.**

Még a vezetőt sem engedték volna be a házba.

**Le refouler n'aurait pas été particulièrement impoli.**

Elfordítani őt nem lett volna különösebben udvariatlan.

**Il aurait facilement pu trouver une excuse convenable plus tard.**

Könnyen találhatott volna később megfelelő kifogást.

**Ce n'était pas un motif de licenciement.**

Nem olyasmi volt, amiért kirúghatták volna.

**Gregor pensait qu'il serait plus judicieux de le laisser tranquille désormais.**

Gregor úgy érezte, most már ésszerűbb lenne, ha békén hagynák.

**Le déranger en pleurant et en parlant n'a pas beaucoup aidé.**

Sírással és beszéddel való zavarása nem sokat ért el.

**Mais c'était l'incertitude qui inquiétait les autres.**

De a többieket a bizonytalanság zavarta.

**Et c'est cette incertitude qui a excusé leur comportement.**

És ez a bizonytalanság mentegette a viselkedésüket.

**« Monsieur Samsa », appela le directeur d'une voix forte.**

– Samsa úr! – kiáltotta felemelt hangon a menedzser.

**« Qu'est-ce qui se passe avec toi ? » a-t-il voulu savoir.**

„Mi van veled?" – akarta tudni.

**« Tu t'es barricadé dans ta chambre. »**

– Elbarikádtad magad a szobádban.

**«Vous ne pouvez répondre que par «oui» ou «non».»**

"Csak egy 'igen'-nel vagy egy 'nem'-mel válaszolhatsz."

**«Vous causez de sérieux soucis à vos parents.»**

„Komoly aggodalmat okozol a szüleidnek."

**« Je ne vois pas de bonne raison de les inquiéter. »**

„Nem látok okot, amiért aggódnál miattuk."
« Il y a une autre chose que je mentionnerai en passant. »
– Van még valami, amit futólag megemlítek.
«Vous négligez également vos obligations professionnelles envers nous.»
„A velünk szembeni üzleti kötelezettségeit is elhanyagolja."
« Une telle irresponsabilité ne vous ressemble pas du tout. »
„Ez a felelőtlenség teljesen nem jellemző rád."
« Je parle ici au nom de vos parents et de votre patron. »
„A szüleid és a főnököd nevében beszélek."
« Et je vous demande une explication immédiate et claire. »
– És azonnali és világos magyarázatot kérek.
« Je dois dire que tout cela m'étonne vraiment. »
„Ez az egész dolog tényleg lenyűgöz, be kell vallanom."
« Je pensais vous connaître comme une personne calme et raisonnable. »
„Azt hittem, nyugodt és értelmes embernek ismerlek."
« Mais maintenant, tu nous montres une autre facette de toi. »
– De most egy másik oldaladat mutatod meg nekünk.
«Vous faites soudain preuve de vos caprices très particuliers.»
„Hirtelen megmutatod a nagyon különös szeszélyeidet."
« Mais il pourrait y avoir une explication à votre échec. »
– De lehet, hogy van magyarázat a kudarcára.
« Le patron a mentionné une dette que vous aviez recouvrée pour nous. »
„A főnök említett egy adósságot, amit behajtottál nekünk."
« J'ai donné ma parole d'honneur au patron en votre nom. »
– Becsületszavamat adtam a főnöknek a nevedben.
« Mais maintenant je vois votre obstination incompréhensible. »
– De most látom a felfoghatatlan makacsságodat.
« Je pourrais encore perdre toute envie de vous aider. »
„Lehet, hogy még mindig elveszítem minden vágyamat, hogy segítsek neked."

«Votre sécurité d'emploi n'est en aucun cas totalement stable.»
„A munkahelyed biztonsága korántsem teljesen stabil."
« À l'origine, je comptais vous dire tout cela en privé. »
– Eredetileg négyszemközt akartam elmondani mindezt.
« Mais maintenant je vois que vous voulez que je perde mon temps ici. »
– De most látom, hogy azt akarod, hogy itt vesztegessem az időmet.
«Je ne vois donc aucune raison pour que vos parents ne le sachent pas.»
– Szóval nem látom okát, hogy a szüleid miért ne tudnának róla.
«Vos récentes performances n'ont pas été satisfaisantes.»
„A legutóbbi teljesítményed nem volt kielégítő."
« Je reconnais que les ventes sont plus lentes à cette période de l'année. »
„Elismerem, hogy az évnek ebben az időszakában lassabbak az eladások."
« Mais il n'y a pas de période de l'année où il n'y a pas de ventes. »
„De nincs olyan időszak az évben, amikor ne lenne eladás."
Pendant un instant, Gregor oublia tout ce qui l'entourait.
Gregor egy pillanatra mindent elfelejtett maga körül.
« Mais Monsieur Prokurist ! » s'écria Gregor, désespéré.
– De hát Prokurist úr! – kiáltotta Gregor kétségbeesetten.
« J'ouvre la porte tout de suite, maintenant, ne vous inquiétez pas. »
– Rögtön kinyitom az ajtót, azonnal, ne aggódj.
«Le problème, c'est que je ne me sens pas très bien.»
– A probléma az, hogy elég rosszul érzem magam.
« Mes vertiges m'ont empêché d'atteindre la porte. »
„A szédülésem megakadályozott abban, hogy az ajtóig eljussak."
« Je suis encore au lit, mais je me sens beaucoup mieux. »
– Még mindig az ágyban fekszem, de sokkal jobban érzem magam.

«Un instant, s'il vous plaît, je viens de me lever.»
– Egy pillanat, kérem, épp most kelek ki az ágyból.
« Un instant de patience, c'est tout ce que je vous demande,
Monsieur Prokurist. »
„Csak egy pillanatnyi türelmet kérek, Prokurist úr."
« Ça ne se passe pas aussi bien que je le pensais, mais ça ira.
»
– Nem úgy alakulnak a dolgok, ahogy gondoltam, de minden
rendben lesz.
« Comment une telle chose peut-elle arriver à une personne
aussi rapidement ? »
„Hogy történhet ilyen dolog valakivel ilyen gyorsan?"
« Je me sentais bien hier soir, mes parents le savent. »
„Jól éreztem magam tegnap este, a szüleim tudják ezt."
« Mais peut-être avais-je déjà un petit pressentiment à ce
moment-là. »
– De lehet, hogy már akkor is volt egy kis előérzetem.
«Vous pourriez vous demander pourquoi je ne l'ai pas
signalé au bureau.»
„Megkérdezheted, miért nem jelentettem az irodában."
« Je pensais que je me sentirais beaucoup mieux demain
matin. »
„Azt hittem, reggelre megint sokkal jobban leszek."
« On pense toujours qu'ils auront vaincu la maladie d'ici là.
»
„Az ember mindig azt hiszi, hogy addigra legyőzi a
betegséget."
« Mais je vous en prie ! Épargnez mes parents de ces
accusations ! »
"De kérlek! Kíméld meg a szüleimet ezektől a vádaktól!"
« On ne m'a pas dit un mot de ce que vous m'avez dit. »
– Egy szót sem szóltak nekem arról, amit mondtál.
« Il se peut que vous n'ayez pas lu les dernières commandes
que j'ai envoyées. »
„Lehet, hogy nem olvastad az utolsó kiküldött parancsaimat."
« Au fait, vous n'avez pas à vous inquiéter pour moi
aujourd'hui. »

– Egyébként ma nem kell aggódnod miattam.

**«Je vais quand même prendre le train de huit heures.»**

„Én akkor is a nyolcórás vonattal megyek."

**« Ces quelques heures de repos m'ont suffisamment revigoré. »**

„A pár óra pihenés kellően megerősített."

**« Vous n'avez vraiment pas besoin d'attendre, manager. »**

– Tényleg nem kell várnia, igazgató úr.

**« Moi aussi, je serai bientôt au bureau. »**

„Én is hamarosan az irodában leszek."

**« Et s'il vous plaît, ayez la gentillesse de dire un mot en ma faveur. »**

„És kérlek, légy olyan kedves, és szólj egy jó szót értem."

**Gregor avait donné son explication assez précipitamment.**

Gregor elég elhamarkodottan adta elő a magyarázatát.

**Il ne savait pas vraiment ce qu'il essayait de dire.**

Alig tudta, mit is akar valójában mondani.

**Il s'est approché de la boîte et a essayé de s'en servir pour se lever.**

Odament a dobozhoz, és megpróbált azzal felállni.

**Il avait vraiment l'intention d'ouvrir la porte.**

Tényleg minden szándéka megvolt, hogy kinyissa az ajtót.

**Il souhaitait être reçu par le représentant autorisé.**

Azt szerette volna, ha a meghatalmazott képviselő látja.

**Et il voulait régler le problème avec lui personnellement.**

És személyesen akarta vele megoldani a problémát.

**Il était impatient de savoir comment les autres réagiraient à son égard.**

Izgatottan várta, hogy a többiek hogyan reagálnak majd rá.

**Ils doivent maintenant être impatients de savoir comment il va.**

Mostanra már biztosan ők is alig várják, hogy lássák, hogy van.

**Il y avait deux façons possibles dont ils pouvaient réagir face à lui.**

Kétféleképpen reagálhattak rá.

**Une possibilité était qu'ils aient peur.**

Az egyik lehetőség az volt, hogy megijednek.
**S'ils avaient peur, alors il n'en était pas responsable.**
Ha féltek, akkor nem volt felelőssége.
**Et alors, il n'aurait plus à s'inquiéter de la situation.**
És akkor nem kellene aggódnia a helyzet miatt.
**Mais il y avait aussi une autre possibilité à envisager.**
De volt egy másik lehetőség is, amin érdemes volt
elgondolkodni.
**Peut-être accepteraient-ils sereinement sa personnalité.**
Talán nyugodtan elfogadnák olyannak, amilyen.
**Gregor n'aurait alors aucune raison de se fâcher non plus.**
Akkor Gregornak sem lenne oka felháborodni.
**Il y aurait encore assez de temps pour prendre le train.**
Még lenne elég idő a vonatra.
**Cependant, se tenir debout n'était pas une tâche facile.**
Azonban a felegyenesedés korántsem volt könnyű feladat.
**Lors de ses premières tentatives, il a glissé hors de la boîte.**
Az első néhány próbálkozásra lecsúszott a dobozról.
**La boîte était trop lisse pour qu'il puisse s'y appuyer.**
A doboz túl sima volt ahhoz, hogy megálljon mellette.
**Et finalement, il se donna un dernier effort pour se relever.**
És végül még egy utolsó lökést adott magának, hogy felálljon.
**Il ne prêta plus attention à la douleur qu'il ressentait à
l'abdomen.**
Nem figyelt többé a hasában érzett fájdalomra.
**Peu importe l'intensité de la douleur, il la surmonterait.**
Nem számított, mennyire fájt, túl fog vészelni rajta.
**Il se laissa tomber contre le dossier d'une chaise voisine.**
Hagyta, hogy egy közeli szék támlájára essen.
**Et il s'accrochait aux bords avec ses petites jambes.**
És a kis lábaival kapaszkodott a szélekbe.
**À ce stade, il avait repris le contrôle de lui-même.**
Ezen a ponton már jobban uralta magát.
**Et sa chute fut plus silencieuse que la précédente.**
És az esése csendesebb volt, mint az előző.
**Parce qu'il devait écouter ce que disait le manager.**
Mert hallgatnia kellett arra, amit a vezető mond.

« Avez-vous compris quelque chose à tout cela ? » demanda-t-il aux parents.

„Értettek ebből valamit?" – kérdezte a szülőktől.

« Il ne se moquerait pas de nous, n'est-ce pas ? »

„Ugye nem csinálna belőlünk bolondot?"

« Pour l'amour de Dieu ! » s'écria la mère, déjà en larmes.

– Az isten szerelmére! – kiáltotta az anya, már sírva.

« Il est peut-être gravement malade et nous le tourmentons. »

„Lehet, hogy súlyosan beteg, és mi gyötörjük."

« Grete ! Grete ! » cria-t-elle à sa fille.

„Grete! Grete!" – kiáltotta a lánynak.

« Maman ? » appela la sœur de l'autre côté.

„Anya?" – kiáltotta a nővér a túloldalról.

Ils ont ensuite communiqué par l'intermédiaire de la chambre de Gregor.

Aztán Gregor szobáján keresztül kommunikáltak.

« Gregor est très malade et il a besoin de médicaments. »

„Gregor nagyon beteg, és gyógyszerre van szüksége."

«Vous devrez aller chez le médecin immédiatement.»

„Azonnal orvoshoz kell mennie."

« Tu as entendu comment Gregor parlait tout à l'heure ? »

„Hallottad, ahogy Gregor az előbb beszélt?"

« C'était la voix d'un animal », a déclaré le gérant.

– Ez egy állat hangja volt – mondta az igazgató.

Ses paroles étaient douces comparées aux cris de la mère.

Szavai halkak voltak az anya sikolyaihoz képest.

« Anna ! Anna ! » appela le père depuis l'antichambre.

„Anna! Anna!" – kiáltotta az apa az előszobából.

Et il a claqué des mains pour attirer leur attention.

És tapsolt, hogy felhívja magára a figyelmüket.

« Appelez immédiatement un serrurier ! » ordonna-t-il à la bonne.

„Azonnal hívjatok lakatost!" – parancsolta a szobalánynak.

Les filles, en jupes, traversèrent l'antichambre en courant.

A lányok szoknyájukban átfutottak az előszobán.

Et leurs jupes bruissaient lorsqu'elles passèrent en courant devant sa chambre.

És szoknyájuk susogott, ahogy elszaladtak a szobája mellett.

**« Comment sa sœur a-t-elle fait pour s'habiller si vite ? » se demanda-t-il.**

„Hogy öltözött fel ilyen gyorsan a húg?" – gondolta.

**La porte a été arrachée, mais elle n'a pas été claquée.**

Az ajtót feltépték, de nem csapták be.

**C'est fréquent dans les maisons où survient un grand malheur.**

Ez gyakori azokban az otthonokban, ahol nagy szerencsétlenség történik.

**Mais tout cela avait considérablement apaisé Gregor.**

De mindez sokkal nyugodtabbá tette Gregort.

**Quand il entendait ses propres paroles, elles lui paraissaient claires.**

Amikor meghallotta a saját szavait, azok világosnak tűntek számára.

**En fait, il estimait que ses paroles avaient été plus claires.**

Sőt, úgy érezte, hogy szavai tisztábbak lettek.

**Mais les autres ne comprenaient plus ce qu'il disait.**

De a többiek már nem értették, mit mond.

**Peut-être s'était-il habitué à ses oreilles à ce moment-là.**

Talán addigra már megszokta a fülét.

**Mais au moins, ils comprenaient maintenant mieux sa situation.**

De legalább most már jobban megértették a helyzetét.

**Ils se sont rendu compte qu'il y avait vraiment quelque chose qui n'allait pas chez lui.**

Rájöttek, hogy tényleg valami nincs rendben vele.

**Et ils faisaient maintenant tout leur possible pour l'aider.**

És most mindent megtettek, hogy segítsenek neki.

**Cela redonna à Gregor un sentiment de confiance qui lui manquait.**

Ez egy hiányzó magabiztosságot adott Gregornak.

**Et il se sentait de nouveau beaucoup plus en sécurité au sein de sa famille.**

És sokkal biztonságosabban érezte magát újra a családban.

**Il avait le sentiment d'être à nouveau intégré au cercle humain.**

Úgy érezte, újra beilleszkedett az emberi körbe.

**Il ne lui restait plus qu'à espérer que le serrurier puisse ouvrir la porte.**

Most már abban kellett reménykednie, hogy a lakatos ki tudja nyitni az ajtót.

**Et il espérait que le médecin serait capable d'accomplir de telles tâches.**

És remélte, hogy az orvos el tudja végezni az ilyen feladatokat.

**Il allait bientôt devoir reprendre la parole.**

Hamarosan újra többet kell majd beszélnie.

**Il allait falloir que sa voix soit aussi claire que possible.**

A hangjának a lehető legtisztábbnak kellett lennie.

**Pour se préparer à la réunion, il s'éclaircit la gorge.**

A megbeszélésre felkészülve megköszörülte a torkát.

**Il s'efforçait toutefois de tousser très discrètement.**

Azonban mindent megtett, hogy csak nagyon halkan köhögjön.

**Ce bruit pouvait être différent d'une toux humaine.**

A zaj talán másképp hangzott, mint egy emberi köhögés.

**Il savait qu'il ne pouvait plus faire la différence entre de telles choses.**

Tudta, hogy már nem tud különbséget tenni az ilyen dolgok között.

**Dans la pièce voisine, le silence était total.**

A szomszéd szobában teljesen elcsendesedett.

**Les parents étaient probablement assis à table.**

A szülők valószínűleg az asztalnál ültek.

**Ils chuchotaient peut-être avec le gérant.**

Lehet, hogy suttogtak a menedzserrel.

**Peut-être que tout le monde était appuyé contre la porte et écoutait.**

Talán mindenki az ajtónak támaszkodva hallgatózott.

**Gregor poussa lentement la chaise vers la porte.**

Gregor lassan az ajtó felé tolta a széket.

**Il s'appuya contre la porte et se tint droit.**

Nekinyomta magát az ajtónak, és egyenesen tartotta magát.

**Il a découvert que la plante de ses pieds était légèrement collée.**

Megtudta, hogy a talppárnáin van egy kis ragasztó.

**Et il se reposa là un instant, épuisé.**

És ott egy pillanatra megpihent a megerőltetéstől.

**Après s'être suffisamment reposé, il s'attela à la tâche suivante.**

Miután eleget pihent, nekilátott a következő feladatnak.

**Il commença à tourner la clé dans la serrure avec sa bouche.**

Szájával elkezdte forgatni a kulcsot a zárban.

**Malheureusement, il semblait qu'il n'avait pas de dents.**

Sajnos úgy tűnt, hogy valójában nem voltak fogai.

**Mais quel autre moyen avait-il pour s'emparer des clés ?**

De milyen más módja volt a kulcsok ellopására?

**Heureusement pour lui, ses mâchoires étaient bien sûr très fortes.**

Szerencsére az állkapcsa természetesen nagyon erős volt.

**Grâce à la force de ses mâchoires, il a vraiment réussi à faire bouger la clé.**

Az állkapcsa segítségével tényleg megmozdította a kulcsot.

**Il ne doutait pas qu'il se faisait du mal à lui-même également.**

Nem kételkedett benne, hogy ezzel ő maga is ártott magának.

**Parce qu'un liquide brunâtre sortait de sa bouche.**

Mert barna folyadék folyt ki a szájából.

**Le liquide brunâtre a coulé sur la clé et le long de la porte.**

A barna folyadék átfolyt a kulcson, majd lefolyt az ajtón.

**Mais Gregor ne se souciait pas de se faire du mal.**

De Gregort nem érdekelte, hogy ezzel kárt tesz magában.

**« Vous entendez ça ? » demanda le gérant dans la pièce voisine.**

„Hallod ezt?" – kérdezte az igazgató a szomszéd szobában.

**« Il tourne la clé », avait remarqué le gérant.**

„Kulcsot fordít" – vette észre a menedzser.

**Ces paroles furent un grand encouragement pour Gregor.**

Ezek a szavak nagy bátorítást jelentettek Gregor számára.

**Mais le père et la mère auraient également dû crier :**
De az apának és anyának is fel kellett volna kiáltania:
**« Bien joué, Gregor ! » auraient-ils dû lui crier.**
„Jó, Gregor!" – kellett volna odakiáltaniuk neki.
**«Continue, continue de tourner la clé, tu peux le faire.»**
"Csak így tovább, csak fordítsd a kulcsot, meg tudod csinálni."
**Mais Gregor dut plutôt imaginer leur enthousiasme.**
De Gregornak ehelyett az izgalmukat kellett elképzelnie.
**Il serra les mâchoires de toutes ses forces.**
Minden erejével összeszorította az állkapcsát.
**Et il continua à tourner la clé dans la serrure.**
És tovább forgatta a kulcsot a zárban.
**Son corps se tordit douloureusement en un cercle.**
Fájdalmasan tekergett a teste egy kört leírva.
**Il ne tenait plus debout qu'avec sa bouche.**
Most már csak a szája segítségével tartotta magát egyenesen.
**Pour continuer à tourner la clé, il appuya contre la porte.**
Hogy tovább tekergesse a kulcsot, az ajtóhoz nyomta.
**Finalement, le claquement de la serrure réveilla de nouveau
Gregor.**
Végül a zár kattanása ismét felébresztette Gregort.
**« Je n'avais donc pas besoin du serrurier », soupira-t-il de
soulagement.**
– Szóval nem volt szükségem a lakatosra – sóhajtott fel
megkönnyebbülten.
**Il ne lui restait plus qu'à ouvrir la porte qu'il avait
déverrouillée.**
Most már csak ki kellett nyitnia az ajtót, amit kinyitott.
**Et, la tête sur la poignée, il ouvrit la porte.**
És a fejét a kilincsre téve kinyitotta az ajtót.
**Il se trouvait derrière la porte qui donnait sur sa chambre.**
Az ajtó mögött volt, ami a szobájába nyílt.
**La porte était donc déjà ouverte avant même qu'on puisse le
voir.**
Tehát az ajtó már nyitva volt, mielőtt megláthatták volna.
**Il lui fallait ensuite se faufiler autour de la porte elle-même.**
Ezután magát az ajtót kellett megkerülnie.

**Ce mouvement difficile a également nécessité beaucoup d'efforts.**

Ez a nehéz mozdulat is sok erőfeszítést igényelt.

**Il ne voulait pas tomber maladroitement dans la pièce voisine.**

Nem akart esetlenül átesni a szomszéd szobába.

**Il n'avait donc pas le temps de prêter attention à quoi que ce soit d'autre.**

Így nem volt ideje semmi másra figyelni.

**Mais il entendit alors le chef de bureau s'exclamer bruyamment : « Oh ! »**

De aztán hallotta, hogy a főjegyző hangosan felkiált: „Ó!"

**On aurait dit que le vent soufflait en rafales dans la maison.**

Úgy hangzott, mintha a szél végigsöpört volna a házban.

**Il se trouvait être celui qui était le plus proche de la porte.**

Véletlenül ő állt a legközelebb az ajtóhoz.

**Et maintenant, en le voyant, il porta sa main à sa bouche.**

És most, hogy meglátta, a szájához emelte a kezét.

**Il recula lentement, s'éloignant de Gregor.**

Lassan hátrált, eltávolodva Gregortól.

**Mais c'était comme si une force invisible agissait sur lui.**

De mintha egy láthatatlan erő hatott volna rá.

**La première chose que fit la mère fut de regarder le père.**

Az anya első dolga az volt, hogy apára nézett.

**Malgré la présence du gérant, ses cheveux étaient en désordre.**

A menedzser jelenléte ellenére a haja kócos volt.

**Elle déplia les bras et fit deux pas en avant.**

Kitárta a karját, és két lépést tett előre.

**Mais elle s'est effondrée au milieu de sa jupe.**

De aztán a szoknyája közepén összeesett.

**Sa robe s'est étalée tout autour d'elle sur le sol.**

A ruhája szétterült körülötte a padlón.

**Et sa tête disparut sur sa poitrine.**

És a feje eltűnt a saját mellén.

**Le père serra le poing avec une expression hostile.**

Az apa ellenséges arckifejezéssel ökölbe szorította a kezét.

**Il semblait vouloir que Gregor soit renvoyé dans sa chambre.**
Úgy tűnt, azt akarja, hogy Gregort visszatolják a szobájába.
**Il jeta ensuite un regard incertain autour du salon.**
Aztán bizonytalanul körülnézett a nappaliban.
**Et finalement, il se couvrit les yeux entre ses mains.**
És végül a kezébe temette a szemét.
**Et il pleura amèrement jusqu'à ce que sa poitrine puissante tremble.**
És keservesen sírt, míg hatalmas mellkasa remegni nem kezdett.
**Gregor n'est en réalité pas entré dans leur chambre.**
Gregor valójában be sem ment a szobájukba.
**Au lieu de cela, il s'appuya contre le cadre de la porte.**
Ehelyett az ajtófélfának támaszkodott.
**Seule la moitié de son corps était visible de l'extérieur.**
A kint lévők számára csak testének fele volt látható.
**Et sur son corps reposait sa tête, inclinée sur le côté.**
És a teste tetején volt a feje, oldalra billentve.
**La lumière était désormais devenue beaucoup plus vive qu'auparavant.**
Ekkorra a fény sokkal erősebb lett, mint korábban.
**On pouvait désormais voir clairement l'autre côté de la rue.**
Most már tisztán lehetett látni az utca másik oldalát.
**Une partie de l'hôpital gris et interminable se dévoila.**
A végtelen, szürke kórház egy része feltárult.
**La pluie matinale n'avait pas encore complètement cessé de tomber.**
A reggeli eső még nem állt el teljesen.
**Mais maintenant, les gouttes de pluie étaient plus grosses et plus espacées.**
De most az esőcseppek nagyobbak voltak, és távolabb voltak egymástól.
**Les plats du petit-déjeuner étaient disposés en abondance sur la table.**
A reggeli ételek bőségesen voltak az asztalon.

**Le père considérait le petit-déjeuner comme le repas le plus important.**

Az apa a reggelit tartotta a legfontosabb étkezésnek.

**Le petit-déjeuner était un repas qu'il s'éternisait pendant des heures.**

A reggeli egy olyan étkezés volt, amit órákig húzott.

**Et pendant ces heures, il lisait les différents journaux.**

És ezekben az órákban különféle újságokat olvasott.

**Juste en face, sur le mur, était accrochée une photo de Gregor.**

Közvetlenül a szemközti falon Gregor fényképe lógott.

**La photographie accrochée au mur le montrait en lieutenant.**

A falon lévő fényképen hadnagyként ábrázolták.

**C'était une photo de l'époque où il était dans l'armée.**

Egy kép volt abból az időből, amikor a katonaságnál szolgált.

**Sa main était posée sur son épée, et il arborait un sourire insouciant.**

A kardján volt a keze, és gondtalan mosoly ült az arcán.

**Sa posture et son uniforme imposaient un certain respect.**

Testtartása és egyenruhája bizonyos tiszteletet követelt.

**L'autre porte qui menait à l'antichambre était également ouverte.**

A másik ajtó, ami az előszobába vezetett, szintén nyitva volt.

**Et la porte de l'appartement était encore ouverte elle aussi.**

És a lakás ajtaja még mindig nyitva volt.

**On pouvait voir jusqu'à la cour de l'immeuble.**

Egészen a lakás előudvaráig ellátni lehetett.

**Puis les escaliers descendaient sur la rue en contrebas.**

És aztán a lépcső vezetett le az alatta lévő utcára.

**Gregor était le seul à avoir gardé son sang-froid.**

Gregor volt az egyetlen, aki megőrizte a hidegvérét.

**Il a constaté cela, la conversation était donc de sa responsabilité.**

Látta ezt, így a beszélgetés az ő felelőssége volt.

**« Bon, je vais m'habiller pour le travail maintenant », dit-il.**

– Na, akkor most felöltözöm a munkába – mondta.

« Une fois que j'aurai emballé les échantillons de tissu, je partirai. »
"Miután becsomagoltam a textilmintákat, elmegyek."
«Vous comptez toujours me tirer dessus, Monsieur Prokurist ?»
„Még mindig szándékában áll tüzet gyújtani, Prokurist úr?"
« Comme vous pouvez le constater, je ne suis pas aussi têtue que vous le pensiez. »
– Mint látod, nem vagyok olyan makacs, mint hitted.
« Et vous pouvez constater que j'aime bien travailler, après tout. »
– És láthatod, hogy végül is szeretek dolgozni.
« Je peux admettre que voyager pour le travail n'est pas facile. »
„Bevallom, hogy a munka miatti utazás nem könnyű."
« Mais je peux aussi accepter que cela fasse partie de mon travail. »
„De azt is el tudom fogadni, hogy ez a munkám része."
« Chef de projet, où allez-vous ? Retournez-vous au bureau ? »
„Főnök úr, hová megy? Vissza az irodába?"
« Allez-vous rapporter fidèlement tout ce que vous avez vu ? »
„Őszintén beszámolsz mindenről, amit láttál?"
«Il arrive parfois qu'on soit dans l'incapacité d'aller travailler.»
– Előfordul, hogy az ember nem tud dolgozni menni.
« C'est le moment idéal pour se souvenir des succès passés. »
„Itt az ideje felidézni a múlt sikereit."
« Une fois la difficulté surmontée, on travaille encore mieux. »
"A nehézség eltávolítása után még jobban fog működni az ember."
« Ma diligence et ma concentration vont augmenter. »
„A szorgalmam és a koncentrációm növekedni fog."
«Vous savez très bien que je suis redevable envers le patron.»

– Nagyon jól tudod, hogy adós vagyok a főnöknek.

**« Mais je suis aussi inquiète pour mes parents et ma sœur. »**

„De aggódom a szüleimért és a nővéremért is."

**« Je suis dans une situation délicate, mais je vais m'en sortir. »**

„Szűk helyzetben vagyok, de ki fogok törekedni belőle."

**« Ne compliquez pas davantage les choses. »**

– Ne tedd ezt nehezebbé, mint amilyen már így is van.

**« En tant que collègues, nous devons aussi nous entraider. »**

„Munkatársakként nekünk is segítenünk kell egymást."

**« Je sais que les employés de bureau n'aiment pas les voyageurs. »**

„Tudom, hogy az irodai dolgozók nem szeretik az utazókat."

**«Vous croyez qu'on gagne des fortunes et qu'on mène une vie confortable.»**

„Azt hiszed, vagyonokat keresünk és jól élünk?"

**« Ils n'ont aucune raison valable de tenir compte de leurs préjugés. »**

„Nincs igazi okuk arra, hogy figyelembe vegyék az előítéleteiket."

**« Mais vous, agent habilité, votre rôle est différent. »**

„De Önnek, felhatalmazott tisztviselőnek, más szerepe van."

**«Vous avez une meilleure vue d'ensemble que les autres membres du personnel.»**

„Jobb rálátásod van a dolgokra, mint a többi alkalmazottnak."

**« En fait, je pense que vous avez peut-être la meilleure vue d'ensemble. »**

„Sőt, azt hiszem, neked van a legjobb áttekintésed."

**«Vous avez une meilleure vision d'ensemble que le patron lui-même.»**

„Jobb rálátásod van a dolgokra, mint magának a főnöknek."

**« J'admets que c'est le patron qui fait le travail d'entrepreneur. »**

„Elismerem, hogy a főnök valóban végzi a vállalkozói munkát."

**« Mais il est facile de se tromper dans ses jugements. »**

„De könnyen félrevezethetőek az ítéletei."

« Et ces petites erreurs de jugement peuvent nous être
préjudiciables. »
„És ezek az apró téves ítéletek a kárunkra válhatnak."
«Vous savez combien il est facile de parler du voyageur.»
„Tudod, milyen könnyű az utazóról beszélni."
« Il n'est pas là pour défendre sa réputation contre les
rumeurs. »
„Nem azért van ott, hogy megvédje a hírnevét a pletykáktól."
« Ces accusations peuvent très bien n'être que des
coïncidences. »
„Ezek a vádak könnyen lehetnek csak véletlenek."
« Nombre de ces plaintes ne reposent même sur aucune
vérité. »
„Sok panasznak nincs semmilyen igazságalapja."
«Il est absent du bureau pendant presque toute l'année.»
„Szinte egész évben nincs az irodában."
«Quelles chances a-t-il de défendre sa propre réputation ?»
„Milyen esélye van megvédeni a saját hírnevét?"
«Il n'a même pas connaissance des accusations.»
„Még csak hallani sem kell a vádakról."
«Il découvre ce qui a été dit lorsqu'il est trop tard.»
„Akkor jön rá, hogy miről beszéltek, amikor már túl késő."
« À ce stade, il est épuisé par le voyage de la journée. »
„Eddig már teljesen kimerül az egész napi utazástól."
« Il devra de toute façon en subir les terribles conséquences.
»
„Úgyis szembe kell néznie a szörnyű következményekkel."
« Même s'il n'a aucun moyen de comprendre le problème. »
– Annak ellenére, hogy semmiképpen sem értheti a problémát.
« Oh, manager, ne partez pas sans me dire un mot. »
„Ó, igazgató úr, ne menjen el anélkül, hogy egy szót is szólna
hozzám."
«Dites-moi au moins que vous êtes d'accord avec moi en
partie.»
– Legalább azt mondd, hogy részben egyetértesz velem.
Mais le directeur s'était détourné de Gregor bien plus tôt.
De a menedzser már jóval korábban elfordult Gregortól.

**Son épaule tressaillit lorsqu'il se retourna vers Gregor.**
Megrándult a válla, amikor visszanézett Gregorra.
**Et il n'est pas resté immobile une seule fois pendant tout son discours.**
És a beszéd alatt egyszer sem állt meg egy helyben.
**Il se retournait vers Gregor, les lèvres pincées.**
Összeszorított ajkakkal nézett vissza Gregorra.
**Il reculait progressivement vers la porte.**
Fokozatosan hátrált az ajtó felé.
**Mais il ne pouvait pas non plus détacher son regard de Gregor.**
De a tekintetét sem tudta levenni Gregorról.
**Il avait l'impression qu'il lui était secrètement interdit de quitter la pièce.**
Úgy érezte, mintha titkos tilalom lenne érvényben a szoba elhagyására.
**Mais à ce stade, il se trouvait déjà dans le hall d'entrée.**
De ebben a pillanatban már a bejárati csarnokban volt.
**Et soudain, il fit un mouvement vers la sortie.**
És most hirtelen mozdulattal a kijárat felé indult.
**Il tendit la main droite vers les escaliers.**
Kinyújtotta a jobb kezét a lépcső felé.
**Peut-être qu'une force surnaturelle attendait pour le sauver.**
Talán egy természetfeletti erő várt rá, hogy megmentse.
**Gregor savait qu'il ne pouvait pas le laisser partir comme ça.**
Gregor tudta, hogy nem engedheti meg, hogy így elmenjen.
**Le manager ne doit pas revenir dans le même état d'esprit qu'avant.**
A menedzsernek nem szabad abban a hangulatban visszatérnie, amiben volt.
**La sécurité de l'emploi de Gregor était fortement menacée.**
Gregor állása komoly veszélyben forgott.
**Les parents ne comprenaient pas tout cela.**
A szülők nem tudták mindezt teljesen felfogni.
**Au fil des ans, ils s'étaient habitués à sa sécurité d'emploi.**
Az évek során megszokták a munkahelyi biztonságát.
**Et ils étaient convaincus qu'il avait ce poste à vie.**

És meg voltak győződve arról, hogy életre szóló állása van.

**Au lieu de cela, ils s'étaient préoccupés d'autres soucis.**

Ehelyett más gondokkal voltak elfoglalva.

**Mais ces préoccupations leur ont fait perdre toute prévoyance.**

De ezek az aggodalmak oda vezettek, hogy elvesztették minden előrelátásukat.

**Gregor, cependant, n'avait pas perdu la clairvoyance de ses parents.**

Gregor azonban nem veszítette el a szülő előrelátását.

**Il a fallu que quelqu'un arrête le représentant autorisé.**

Valakinek meg kellett állítania a meghatalmazott képviselőt.

**Il allait devoir le calmer et le convaincre.**

Meg kellett volna nyugtatnia és meggyőznie.

**L'avenir de Gregor et de sa famille en dépendait !**

Gregor és családja jövője múlott rajta!

**Si seulement sa sœur intelligente avait été là pour l'aider.**

Bárcsak itt lett volna az az intelligens nővér, hogy segítsen.

**Elle avait déjà pleuré alors que Gregor était encore dans sa chambre.**

Már akkor sírt, amikor Gregor még a szobájában volt.

**À ce moment-là, il était simplement allongé tranquillement sur le dos.**

Abban a pillanatban csak csendben feküdt a hátán.

**Elle connaissait déjà l'importance de la situation à ce moment-là.**

Akkor már tisztában volt a helyzet fontosságával.

**Le directeur était connu pour avoir un faible pour les femmes.**

A menedzser köztudottan gyengéd érzelmekkel viseltetett a nők iránt.

**Elle aurait facilement pu le persuader de rester plus longtemps.**

Könnyen rávehette volna, hogy tovább maradjon.

**Elle aurait fermé la porte et l'aurait fait rentrer.**

Becsukta volna az ajtót, és visszakísérte volna.

**Mais malheureusement, sa sœur était partie chercher un médecin.**

De sajnos a nővér orvoshoz ment.

**Gregor n'avait donc pas d'autre choix que de le faire lui-même.**

Gregornak ezért nem volt más választása, mint hogy maga tegye meg.

**Il n'avait pas réfléchi à quelles étaient réellement ses capacités.**

Nem gondolta át, hogy valójában milyen képességei vannak.

**Et il avait oublié de se méfier de sa capacité à parler.**

És elfelejtette, hogy ne bízzon a saját beszédképességében.

**Mais il a néanmoins quitté la sécurité de sa chambre.**

De ennek ellenére elhagyta szobája biztonságos környezetét.

**Et il se faufila par l'ouverture de la pièce.**

És átfurakodott a szoba nyílásán.

**Le directeur était déjà en train de descendre les escaliers.**

A menedzser már úton volt lefelé a lépcsőn.

**Mais il s'accrochait à la rambarde à deux mains.**

De mindkét kezével a korlátba kapaszkodott.

**Gregor tomba en se poussant à travers la porte.**

Gregor elesett, miközben átfurakodott az ajtón.

**Il laissa échapper un petit cri en cherchant un appui.**

Egy halk sikolyt hallatott, miközben támasztékot keresett.

**Mais au lieu de paniquer, il a ressenti un bien-être physique.**

De a pánik helyett fizikai jóllétet érzett.

**Pour la première fois ce matin-là, quelque chose semblait juste.**

Azon a reggelen először valami rendben lévőnek tűnt.

**Il avait désormais toutes les jambes bien ancrées au sol.**

Most már minden lába szilárd talajon volt.

**Il était surpris de constater à quel point il contrôlait bien ses jambes.**

Meglepődött, milyen jól tudja irányítani a lábait.

**Il était heureux de constater que ses jambes lui obéissaient parfaitement.**

Örömmel vette észre, hogy a lábai teljesen engedelmeskednek neki.

**En réalité, ses jambes le portaient partout où il le voulait.**

Sőt, a lábai oda vitték, ahová akarta.

**Bientôt, tous ses chagrins allaient prendre fin.**

Hamarosan minden bánata véget ért.

**Mais au même moment, sa propre mère se leva d'un bond.**

De ugyanabban a pillanatban a saját anyja is felugrott.

**Ses bras étaient tendus et ses doigts écartés.**

Karjait kinyújtva, ujjait széttárva tartotta.

**Et elle s'est écriée : « Au secours ! Au nom de Dieu, que quelqu'un m'aide ! »**

És felkiáltott: "Segítség, az Isten szerelmére, valaki segítsen!"

**Elle inclina la tête ; elle voulait mieux voir Gregor.**

Félrebillentette a fejét; jobban akarta látni Gregort.

**Mais contrairement à sa première action, elle est revenue en courant.**

De az első mozdulattal ellentétben visszaszaladt.

**Elle avait oublié que la table était mise derrière elle.**

Elfelejtette, hogy az asztalt megterítették mögötte.

**Tout ce qui était prévu pour le petit-déjeuner était encore sur la table.**

Még minden reggelihez való dolog az asztalon volt.

**Elle s'assit précipitamment sur la table, comme distraite.**

Sietősen leült az asztalra, mintha valami elterelte volna a figyelmét.

**Et elle n'a pas semblé remarquer le café renversé.**

És úgy tűnt, észre sem veszi a kiömlött kávét.

**Le café était maintenant en train d'imbiber la moquette.**

A kávé, ami most a szőnyegbe ázott.

**« Maman, maman », dit doucement Gregor en levant les yeux vers elle.**

– Anya, anya – mondta Gregor halkan, és felnézett rá.

**Pour le moment, le manager ne lui importait pas.**

Egyelőre a menedzser nem volt fontos számára.

**Mais il y avait aussi le café qui coulait sur la moquette.**

De ott volt a szőnyegre csöpögő kávé is.

**Gregor n'a pas pu s'empêcher de claquer des dents devant le café.**

Gregor nem tudott ellenállni a kísértésnek, és összeszorította a száját a kávéra.

**La mère se remit à pleurer à cause de son comportement.**

Az anya újra sírni kezdett a viselkedése miatt.

**Elle a sauté de la table pour prendre ses distances avec lui.**

Leugrott az asztalról, hogy eltávolodjon tőle.

**Et elle s'est réfugiée dans les bras de son père.**

És az apja karjaiba rohant, biztonságba.

**Mais Gregor n'avait plus de temps à consacrer à ses parents.**

De Gregornak most nem volt ideje a szüleire.

**L'agent habilité se trouvait déjà dans l'escalier.**

A megbízott tisztviselő már a lépcsőn volt.

**Il avait le menton appuyé sur la rambarde, pour regarder à l'intérieur de la maison.**

Az állát a korlátra támasztotta, hogy belásson a házba.

**Apparemment, il voulait jeter un dernier coup d'œil au spectacle.**

Nyilvánvalóan még utoljára szeretett volna rápillantani a látványosságra.

**Et Gregor fit un dernier effort pour joindre le directeur.**

Gregor pedig utolsó erőfeszítést tett, hogy elérje a vezetőt.

**Il courut vers la porte aussi prudemment qu'il le put.**

Olyan biztonságosan rohant az ajtó felé, amennyire csak tudott.

**Mais le chef de bureau devait se douter de quelque chose.**

De a főjegyzőnek gyanítania kellett valamit.

**Parce qu'il a descendu quelques marches et a disparu.**

Mert leugrott pár lépcsőfokról, és eltűnt.

**« Hein ! » s'écria Gregor, sa voix résonnant dans la cage d'escalier.**

– Hű! – kiáltotta Gregor, visszhangozva a lépcsőházban.

**La fuite du manager sembla également déconcerter son père.**

A menedzser szökése láthatóan az apját is összezavarta.

**Jusque-là, il était parvenu à garder son calme.**

Addig sikerült egészen nyugodtnak maradnia.

**Mais malheureusement, lui aussi a perdu le sang-froid qu'il avait eu.**

De sajnos ő is elvesztette az addigi önuralmát.

**Il aurait dû aider Gregor dans sa quête.**

Amit tennie kellett volna, az az, hogy segítsen Gregornak az üldözésében.

**Mais, d'une main, il saisit la canne du directeur.**

De az egyik kezével megragadta a menedzser sétabotját.

**Et dans l'autre main, il tenait maintenant un journal.**

A másik kezében most egy újságot tartott.

**Et il entravait désormais directement Gregor dans sa poursuite.**

És most közvetlenül akadályozta Gregort az üldözésében.

**Il s'était placé entre Gregor et la rue.**

Gregor és az utca közé helyezkedett.

**Il tapa du pied et agita le bâton et le journal.**

Topogott a lábával, és lengette a botot meg az újságot.

**Et il forçait activement Gregor à retourner dans sa chambre.**

És aktívan visszakényszerítette Gregort a szobájába.

**Aucune des demandes formulées par Gregor n'a été utile.**

Gregor egyik kérése sem segített.

**Parce qu'aucune de ses demandes n'a été comprise.**

Mert egyik kérését sem értették meg.

**Il tourna la tête vers un angle plus profond et plus humble.**

Mélyebb, alázatosabb szögbe fordította a fejét.

**Mais son père répondit en tapant du pied encore plus fort.**

De az apja még erősebben dobbantott a lábával.

**La mère ouvrit une fenêtre, malgré la fraîcheur ambiante.**

Az anya a hűvös idő ellenére is ablakot nyitott.

**Et elle enfouit son visage dans ses mains froides.**

És a hidegben a kezébe temette az arcát.

**Le vent pouvait désormais traverser tout l'appartement.**

A szél most már az egész lakáson át tudott fújni.

**Un fort courant d'air soufflait de l'escalier vers la ruelle.**

Erős huzat fújt a lépcső felől a sikátorba.

**Les rideaux claquaient sous l'effet du vent violent.**

A függönyöket lobogtatta az erős szél.

**Et le journal posé sur la table bruissait dans le vent.**
És az asztalon heverő újság zizegett a szélben.
**Même des feuilles ont été soufflées à l'intérieur de la maison depuis l'extérieur.**
Még néhány levelet is befújt a szél kintről a házba.
**Le père tapa du pied et poussa sans relâche.**
Az apa dobbantott a lábával, és könyörtelenül tolta a lábát.
**Et il sifflait et émettait des bruits comme un homme sauvage.**
És sziszegett, és olyan hangokat adott ki, mint egy vadember.
**Mais Gregor ne s'était pas encore entraîné à marcher à reculons.**
De Gregor még nem gyakorolta a hátrafelé járást.
**Même Gregor admettrait que ce mouvement était beaucoup plus lent.**
Még Gregor is elismerné, hogy ez a mozgás sokkal lassabb volt.
**Tout ce qu'il souhaitait, c'était avoir la possibilité de faire demi-tour.**
De csak a lehetőséget akarta, hogy megfordulhasson.
**Il serait alors allé directement dans sa chambre.**
Akkor azonnal a szobájába ment volna.
**Mais il avait trop peur d'impatienter son père.**
De túlságosan félt, hogy türelmetlenné teszi apját.
**Et il y avait la menace d'un coup de bâton.**
És ott volt a botütés veszélye is.
**Un tel coup à l'arrière de la tête pourrait être fatal.**
Egy ilyen ütés a fej hátsó részére végzetes lehet.
**Mais finalement, Gregor n'avait pas d'autre choix.**
De végül Gregornak nem maradt más választása.
**Il s'est rendu compte qu'il ne pouvait même plus marcher droit à reculons.**
Rájött, hogy még hátrafelé sem tud egyenesen menni.
**Il commença à se retourner aussi vite qu'il le put.**
Olyan gyorsan kezdett megfordulni, amilyen gyorsan csak tudott.

**Mais en réalité, ce mouvement de rotation était tout aussi lent.**

De a valóságban ez a fordulómozgás ugyanolyan lassú volt.

**Et il fut suivi des regards anxieux du père.**

És őt követték az apa aggódó pillantásai.

**Peut-être le père avait-il remarqué les bonnes intentions de Gregor.**

Talán az apa észrevette Gregor jó szándékát.

**Parce qu'il ne l'a pas empêché de se retourner.**

Mert nem zavarta meg abban, hogy megforduljon.

**Il a même utilisé le bout de son bâton pour guider la rotation.**

Még a botja hegyét is használta a forgás irányításához.

**Mais Gregor aurait préféré que son père ne lui ait pas sifflé dessus !**

De Gregor még mindig azt kívánta, bárcsak az apa ne sziszegett volna rá!

**Le sifflement ne fit qu'ajouter à la confusion du moment.**

A sziszegés csak fokozta a pillanatnyi zűrzavart.

**Puis il a commis une erreur et a tourné dans la mauvaise direction.**

Aztán hibázott, és rossz irányba fordult.

**Finalement, il a réussi à se tourner dans la bonne direction.**

Végül sikerült a helyes irányba fordulnia.

**Et il était satisfait des progrès qu'il avait accomplis.**

És elégedett volt az elért haladással.

**Mais un autre problème est alors devenu encore plus évident.**

De aztán a következő probléma még nyilvánvalóbbá vált.

**Son corps était trop large pour passer facilement la porte.**

A teste túl széles volt ahhoz, hogy könnyen átférjen az ajtón.

**Dans son état actuel, le père ne s'en est pas aperçu.**

Jelenlegi állapotában az apa ezt nem vette észre.

**Il ne lui vint donc pas à l'esprit d'ouvrir davantage la porte.**

Így eszébe sem jutott, hogy jobban kinyissa az ajtót.

**Il y aurait alors eu suffisamment de place pour Gregor.**

Akkor lett volna elég hely Gregornak.

**Sa seule priorité était de faire entrer Gregor dans sa chambre.**

Az egyetlen prioritása az volt, hogy Gregort bejuttassa a szobájába.

**Il aurait dû se lever pour passer la porte.**

Fel kellett volna állnia, hogy beférjen az ajtón.

**Mais le père n'aurait pas permis une telle manœuvre.**

De az apa nem engedett volna meg egy ilyen manővert.

**En fait, il le sifflait encore plus sauvagement qu'avant.**

Sőt, még vadabban sziszegett rá, mint azelőtt.

**On aurait dit qu'il y avait plus d'un homme qui lui sifflait dessus.**

Úgy hangzott, mintha nem csak egy férfi sziszegett volna rá.

**Ses revendications semblaient revêtir une nouvelle urgence.**

Követelései mögött mintha új sürgetés bontakozott volna ki.

**Il n'y avait vraiment plus de temps à perdre.**

Most már tényleg nem volt idő a babrálásra.

**Quoi qu'il arrive, Gregor devait franchir la porte.**

Bármi is történt, Gregornak át kellett jutnia az ajtón.

**Il s'est imposé sans aucun égard pour lui-même.**

Mindenféle önbecsülés nélkül erőltette végig magát.

**Un côté de son corps fut projeté vers le haut par le mouvement.**

Testének egyik oldala felfelé kényszerült a mozgástól.

**Et il était allongé de travers, maladroitement, dans l'embrasure de la porte.**

És esetlenül és ferdén feküdt az ajtónyílás között.

**Un de ses flancs était à vif à cause du frottement contre le bois.**

Az egyik oldalát a fához dörzsölték.

**Et il avait laissé des taches disgracieuses sur la porte peinte en blanc.**

És csúnya foltokat hagyott a fehérre festett ajtón.

**Les jambes d'un de ses côtés pendaient en tremblant dans le vide.**

Az egyik oldaláról remegő lábak lógtak a levegőben.

**Ses autres jambes étaient douloureusement enfoncées dans le sol.**

A többi lába fájdalmasan a padlóba nyomódott.

**Bientôt, il allait se retrouver complètement coincé entre la porte et le mur.**

Hamarosan teljesen az ajtó között ragadt.

**Et alors, il n'aurait plus pu bouger du tout.**

És akkor egyáltalán nem tudott volna mozdulni.

**Mais le père lui a donné une forte impulsion véritablement libératrice.**

De az apa egy igazán felszabadító, erős lökést adott neki.

**Et il tomba, ensanglanté, loin dans sa chambre.**

És vérzőn, mélyen a szobájába zuhant.

**Le père claqua la porte derrière lui avec sa canne.**

Az apa a botjával becsapta maga mögött az ajtót.

**Et puis, enfin, le calme et la tranquillité revinrent.**

És akkor végre újra béke és csend lett.

## Deuxième partie
### Második rész

**Gregor ne s'est réveillé que bien plus tard dans la journée.**

Gregor csak sokkal később ébredt fel a nap folyamán.

**Le crépuscule était tombé ; il avait dormi profondément, inconsciemment.**

Alkonyodott; mélyen és öntudatlanul aludt.

**Il se serait réveillé même sans avoir été dérangé.**

Még zavarás nélkül is felébredt volna.

**Parce qu'il se sentait suffisamment reposé et avait bien dormi.**

Mert úgy érezte, hogy kellően kipihent és jól aludt.

**Mais il crut entendre quelques pas furtifs à l'extérieur.**

De mintha néhány futó lépést hallott volna kintről.

**Et quelqu'un aurait pu refermer soigneusement la porte d'entrée.**

És valaki gondosan becsukhatta a bejárati ajtót.

**La lumière du tramway électrique se projetait faiblement au plafond.**

A villanyvillamos fénye halványan vetült a mennyezetre.

**Le dessus du meuble a également reçu un peu de lumière.**

A bútorok teteje is kapott egy kis fényt.

**Mais en bas, au niveau de Gregor, il faisait sombre.**

De lent a földön, Gregor szintjén, sötét volt.

**Ses jambes le poussèrent lentement de nouveau vers la porte.**

A lábai lassan ismét az ajtó felé taszították.

**Il était très curieux de voir ce qui s'était passé là-bas.**

Nagyon kíváncsi volt, hogy mi történt ott.

**Mais le contrôle de ses antennes n'était pas encore développé.**

De az érzései feletti uralma még nem volt kifejlődve.

**Bien qu'il ait commencé à apprécier ces nouveaux capteurs.**

Bár elkezdte értékelni ezeket az új érzékelőket.

**Une longue et disgracieuse cicatrice semblait lui barrer le flanc gauche.**

Egy hosszú, kellemetlen sebhely látszott végigfutni a bal oldalán.

**La cicatrice lui donnait l'impression de contracter ce côté de son corps.**

A sebhely mintha szorosabbra húzta volna a testének azt az oldalát.

**Il devait donc littéralement boiter en s'appuyant sur ses deux rangées de pattes.**

Így szó szerint sántítania kellett a két sor lábán.

**L'une de ses jambes avait été grièvement blessée ce matin-là.**

Az egyik lába súlyosan megsérült aznap reggel.

**C'était vraiment un miracle qu'il ne se soit pas cassé plus de jambes.**

Tényleg csoda volt, hogy nem tört el több lába.

**Et il traîna donc sa jambe blessée, inerte, derrière lui.**

És így vonszolta maga után élettelenül sérült lábát.

**Lorsqu'il atteignit la porte, il réalisa quelque chose de profond.**

Amikor az ajtóhoz ért, valami mélyenszántó dologra lett figyelmes.

**C'était l'odeur de quelque chose qui l'avait attiré là.**

Valaminek a szaga csábította oda.

**Quelque chose de comestible avait été laissé pour Gregor dans sa chambre.**

Valami ehetőt hagytak Gregornak a szobájában.

**Des morceaux de pain blanc flottant dans un bol de lait sucré.**

Fehér kenyérdarabok úszkálnak egy tál édes tejben.

**Il pouvait à peine contenir la joie qui l'habitait.**

Alig tudta visszatartani az örömöt, ami benne volt.

**Il avait encore plus faim maintenant que le matin.**

Most még éhesebb volt, mint reggel.

**Il plongea aussitôt la tête dans le bol de lait.**

Azonnal belemártotta a fejét a tejjel teli tálba.

**Le lait lui recouvrait presque toute la tête, jusqu'aux yeux.**

A tej szinte az egész fejét kitöltötte, egészen a szeméig.

**Mais il a rapidement retiré sa tête, amèrement déçu.**

De hamarosan visszahúzta a fejét, keserűen csalódottan.
**L'alimentation était difficile en raison de la fragilité de son côté gauche.**
Az evés nehézkes volt a sérülékeny bal oldala miatt.
**Et il ne pouvait manger qu'en haletant de tout son corps.**
És csak lihegve tudott enni, teljes testével.
**Mais ce n'était pas la véritable raison de sa déception.**
De nem ez volt a csalódásának igazi oka.
**Le lait avait toujours été l'un de ses plats préférés.**
A tej mindig is az egyik kedvenc étele volt.
**Il ne doutait pas que sa sœur s'en souvenait.**
Biztos volt benne, hogy a nővére emlékezett erre.
**Et c'est pour cela qu'elle lui avait donné du lait.**
És ezért adott neki tejet.
**Il n'a pas su expliquer pourquoi il n'aimait plus le lait.**
Nem tudta megmagyarázni, miért nem szereti a tejet.
**Et il se détourna du bol presque à contrecœur.**
És szinte vonakodva fordult el a táltól.
**Déçu, il retourna en rampant au milieu de la pièce.**
Csalódottan visszakúszott a szoba közepére.
**De là, il pouvait voir à travers la fente de la porte.**
Itt már be tudott látni az ajtó repedésén.
**Il pouvait voir que le feu était allumé dans le salon.**
Látta, hogy a nappaliban ég a tűz.
**Habituellement, à cette heure-ci, le père lisait le journal.**
Általában ilyenkor az apa újságot olvas.
**Il avait toujours l'habitude de lire à sa mère à voix haute.**
Mindig emelt hangon olvasott fel az anyának.
**Parfois, la sœur écoutait aussi les conversations du père.**
A nővér néha az apa szavait is kihallgatta.
**Elle avait toujours parlé à Gregor de ces lectures à voix haute.**
Mindig mesélt Gregornak erről a felolvasásról.
**Mais aujourd'hui, aucun son ne provenait de la pièce.**
De ma semmi hang nem hallatszott a szobából.
**Peut-être cette habitude s'était-elle déjà perdue.**
Talán ez a szokás már kiment a gyakorlatból.

Un silence profond s'était installé dans tout l'appartement.
Mély csend telepedett az egész lakásra.
**Bien qu'il sût que l'appartement n'était certainement pas vide.**
Bár tudta, hogy a lakás biztosan nem üres.
**« Quelle vie tranquille mène cette famille », pensa Gregor.**
„Milyen csendes életet él a család!" – gondolta Gregor.
**Et il fixa l'obscurité avec une grande fierté.**
És nagy büszkeséggel bámult a sötétségbe.
**Il était fier de la vie qu'il avait pu leur offrir.**
Büszke volt arra az életre, amit nekik adhatott.
**Il était fier du bel appartement qu'ils occupaient.**
Büszke volt a gyönyörű lakásra, amiben laktak.
**Mais cette paix était-elle sur le point de connaître une fin tragique ?**
De vajon ennek a békének szörnyű vége lett volna?
**Allait-on leur ravir leur prospérité ?**
Vajon el fogják venni tőlük a jólétüket?
**Leur bonheur était-il désormais incertain pour l'avenir ?**
Vajon a jövőbeni elégedettségük most már bizonytalan volt?
**Mais il ne voulait pas se perdre dans de telles pensées.**
De nem akart elveszni ilyen gondolatokban.
**Pour s'occuper, il grimpait et descendait les murs.**
Hogy lefoglalja magát, fel-alá mászott a falakon.
**Durant cette longue soirée, une porte était entrouverte.**
A hosszú este folyamán az egyik ajtót résnyire nyitva hagyták.
**Et à un autre moment, l'autre porte s'ouvrit légèrement.**
És egy másik pillanatban a másik ajtó is kissé kinyílt.
**Mais à chaque fois, les portes se sont refermées aussitôt.**
De mindkétszer gyorsan bezárták az ajtókat.
**De toute évidence, quelqu'un à l'extérieur souhaitait entrer.**
Nyilvánvalóan valaki kívülről be akart jönni.
**Mais ils avaient aussi trop d'inquiétudes à l'idée de venir.**
De túl sok aggodalmuk is volt a bejutással kapcsolatban.
**Gregor s'arrêta alors net devant la porte du salon.**
Gregor most megállt közvetlenül a nappali ajtajában.

**Il était déterminé à trouver un moyen de tenter le visiteur hésitant.**

Elhatározta, hogy valahogyan megkísérti a tétovázó látogatót.

**Il voulait aussi savoir qui était le visiteur.**

És azt is tudni akarta, hogy ki volt a látogató.

**Mais ce soir-là, la porte ne fut pas ouverte une troisième fois.**

De aznap este harmadszorra sem nyitották ki az ajtót.

**Et Gregor passa son temps à attendre en vain près de la porte.**

Gregor pedig hiába várakozott az ajtóban.

**Plus tôt dans la journée, ils avaient tous voulu entrer dans la pièce.**

Aznap korábban mindannyian be akartak jönni a szobába.

**Maintenant que les portes étaient déverrouillées, ce serait plus facile pour eux.**

Most, hogy az ajtók nyitva voltak, könnyebb dolguk lesz.

**Mais ils ont choisi de rester de l'autre côté de la pièce.**

De úgy döntöttek, hogy a szoba másik oldalán maradnak.

**Gregor remarqua que les clés n'étaient plus dans leurs serrures.**

Gregor észrevette, hogy a kulcsok már nincsenek a zárakban.

**Quelqu'un a dû déplacer les clés vers la serrure extérieure.**

Valaki biztosan elmozdította a kulcsokat a külső zárhoz.

**Ce n'est que tard dans la nuit que la lumière du salon était éteinte.**

Csak késő este kapcsolták le a nappaliban a villanyt.

**La famille a dû rester éveillée tout ce temps.**

A családnak egész idő alatt ébren kellett maradnia.

**Et Gregor pouvait clairement les entendre s'éloigner sur la pointe des pieds.**

Gregor pedig tisztán hallotta, ahogy lábujjhegyen elsuhannak.

**Désormais, personne n'allait venir voir Gregor avant le lendemain matin.**

Most már senki sem mehetett Gregorhoz reggelig.

**Il eut donc tout le temps d'être seul, de réfléchir en toute tranquillité.**

Így hosszú ideje volt magának, zavartalanul gondolkodhatott.

Quelle serait la meilleure façon de réorganiser sa vie maintenant ?

Mi lenne a legjobb módja az életének átszervezésére most?

Mais les hauts murs de la pièce vide l'effrayaient.

De az üres szoba magas falai megijesztették.

Il n'avait pas d'autre choix que de s'allonger à plat ventre sur le sol.

Nem volt más választása, mint lefeküdni a földre.

Et il n'a jamais trouvé la cause de sa peur dans cet espace.

És soha nem találta meg félelmének okát ebben a térben.

C'était la même pièce où il avait vécu pendant cinq ans.

Ugyanaz a szoba volt, amiben öt évig lakott.

Semi-consciemment, il fit un mouvement vers le canapé.

Félig öntudatlanul a kanapé felé mozdult.

Et sans aucune honte, il se cacha sous le canapé.

És minden szégyenkezés nélkül elbújt a kanapé alá.

Là-bas, il se sentit immédiatement de nouveau très à l'aise.

Odalent azonnal újra nagyon kényelmesen érezte magát.

Bien que son dos soit un peu comprimé.

Annak ellenére, hogy a háta kicsit be volt nyomva.

Il ne pouvait plus non plus lever la tête sous le canapé.

Már a fejét sem tudta felemelni a kanapé alatt.

Mais même cela, il préférait éviter de se trouver dans un espace ouvert.

De még így is jobban szeretett nyílt terepen tartózkodni.

Il regrettait toutefois que son corps soit si large.

Azonban sajnálta, hogy ilyen széles a teste.

Le canapé ne pouvait pas recouvrir entièrement son corps.

A kanapé nem tudta teljesen befedni a testét.

Il est resté sous le canapé toute la nuit.

Az egész éjszakát a kanapé alatt töltötte.

Il passa la nuit à moitié endormi, troublé par sa faim.

Az éjszakát félálomban töltötte, mivel az éhsége zavarta.

Et le temps qu'il passait éveillé, il le consacrait soit à s'inquiéter, soit à espérer.

Az ébren töltött időt pedig vagy aggódással, vagy reménykedéssel töltötte.

**Mais tous ses vagues espoirs menaient à la même conclusion.**

De minden homályos reménye ugyanarra a következtetésre vezetett.

**Il n'avait d'autre choix que de rester silencieux pour le moment.**

Nem volt más választása, mint hogy egyelőre csendben maradjon.

**Il devait faire preuve de patience et de considération envers la famille.**

Türelmet és figyelmet kellett mutatnia a család iránt.

**C'était le seul moyen de rendre ce désagrément supportable.**

Ez volt az egyetlen módja annak, hogy elviselhetővé tegye a kellemetlenséget.

**Le désagrément qu'il imposait désormais à la famille.**

A kellemetlenséget, amit most a családra kényszerített.

**Il n'a pas eu à attendre longtemps pour prouver sa compassion.**

Nem kellett sokáig várnia, hogy bebizonyítsa együttérzését.

**Tôt le matin, sa sœur jeta un coup d'œil dans sa chambre.**

Kora reggel a nővér benézett a szobájába.

**En réalité, c'était autant la nuit que le matin.**

Bár valójában ugyanúgy éjszaka volt, mint reggel.

**Elle était entièrement habillée et semblait éprouver de l'excitation.**

Teljesen fel volt öltözve, és izgatottnak tűnt.

**La solidité de sa décision nouvellement prise pourrait être mise à l'épreuve.**

Újonnan hozott döntésének ereje próbára válhat.

**Elle ne l'a pas immédiatement repéré au premier coup d'œil.**

Nem azonnal találta meg első pillantásra.

**Il devait forcément être quelque part ; il n'aurait pas pu s'envoler.**

Valahol lennie kellett; nem repülhetett el.

**Puis son regard parcourut une seconde fois la pièce.**

De aztán tekintete még egyszer végigpásztázta a szobát.

**Et cette fois, elle a aperçu son torse sous le canapé.**

És ezúttal megpillantotta a felsőtestét a kanapé alatt.
**Elle était si effrayée qu'elle a perdu tout contrôle d'elle-même.**
Annyira megijedt, hogy elvesztette minden önuralmát.
**Et sa première réaction fut de claquer la porte à nouveau.**
És az első reakciója az volt, hogy újra becsapta az ajtót.
**Mais elle a aussi semblé immédiatement regretter son comportement.**
De úgy tűnt, azonnal megbánta a viselkedését.
**Aussitôt qu'elle eut claqué la porte, elle la rouvrit.**
Amint becsapta az ajtót, újra kinyitotta.
**Et cette fois, elle entra dans la pièce sur la pointe des pieds.**
És ezúttal óvatosan lábujjhegyen osont be a szobába.
**Elle se déplaçait comme si elle rendait visite à une personne gravement malade.**
Úgy mozgott, mintha egy súlyos beteget látogatna meg.
**Ou bien elle rendait visite à un parfait inconnu.**
Vagy egy vadidegenhez látogatott.
**Gregor poussa sa tête presque jusqu'au bord du canapé.**
Gregor majdnem a kanapé széléig tolta a fejét.
**Et, caché sous le coffre-fort, il l'observait dans la pièce.**
És a széf alól figyelte a szobában lévő nőt.
**Allait-elle remarquer qu'il avait oublié le lait ?**
Vajon észre fogja venni, hogy otthagyta a tejet?
**Il n'avait pas laissé le lait par manque de faim.**
Nem azért hagyta ott a tejet, mert nem lett volna éhes.
**Allait-elle lui apporter un autre plat ?**
Vajon más ételt fog neki hozni helyette?
**Peut-être un plat qui corresponde mieux à ses goûts.**
Talán egy olyan étel, ami jobban megfelelt az ízlésének.
**Mais elle aurait dû remarquer elle-même son appétit.**
De neki magának kellett volna észrevennie az étvágyát.
**Il aurait préféré mourir de faim plutôt que de lui en parler.**
Inkább éhen halt volna, mintsem hogy ezt a nő tudtára adja.
**En réalité, il aurait beaucoup aimé le lui dire.**
Tulajdonképpen nagyon szerette volna elmondani neki.
**Il était vraiment tenté de tirer sur lui depuis sous le canapé.**

Komolyan elfogta a kísértés, hogy kiugorjon a kanapé alól.
**Il avait envie de se jeter aux pieds de sa sœur.**
Legszívesebben a nővére lábai elé vetette volna magát.
**Et il voulait lui demander quelque chose de bon à manger.**
És kérni akart tőle valami finomat enni.
**Mais la sœur regarda alors le bol de lait.**
De aztán a nővér a tejestál felé nézett.
**Elle remarqua aussitôt que le bol était encore plein.**
Azonnal észrevette, hogy a tál még mindig tele van.
**Elle était plutôt surprise que Gregor n'ait rien mangé.**
Meglehetősen meglepődött, hogy Gregor semmit sem evett.
**Seul un peu de lait avait été renversé sur le sol.**
Csak egy kevés tej folyt ki a padlóra.
**Elle a aussitôt ramassé le bol et l'a emporté.**
Azonnal felkapta a tálat, és kivitte.
**Il vit qu'elle ne ramassait pas le bol à mains nues.**
Látta, hogy a nő nem puszta kézzel emelte fel a tálat.
**Au lieu de cela, elle ramassa le bol à l'aide d'un des chiffons.**
Ehelyett az egyik ronggyal felemelte a tálat.
**Mais Gregor oublia très vite ce petit détail.**
De Gregor nagyon gyorsan elfeledkezett erről az apró
részletről.
**Il était désormais beaucoup plus enthousiaste à propos
d'autre chose.**
Most már sokkal jobban izgatott volt valami más miatt.
**Qu'est-ce qu'elle pourrait apporter à la place du lait ?**
Mit hozhatna tej helyett?
**Il avait diverses idées sur ce qu'elle pourrait apporter.**
Különböző gondolatai voltak arról, hogy mit hozhat magával.
**Mais la gentillesse de sa sœur a dépassé ses espérances.**
De a nővére kedvessége felülmúlta a várakozásait.
**Elle comprit qu'elle devait tester ses nouveaux goûts.**
Rájött, hogy ki kell próbálnia, milyen új ízlése van.
**Elle a donc apporté toute une sélection de plats différents.**
Így hát egy egész választékot hozott a különféle ételekből.
**Légumes à moitié pourris, os du repas du soir.**
Félig rothadó zöldségek, csontok a vacsoráról.

**De la sauce solidifiée provenant de leur autre repas.**

Megszilárdult szósz a másik étkezésből, amit elfogyasztottak.

**Quelques raisins secs, des amandes, du pain sec, du pain beurré.**

Néhány mazsola, némi mandula, száraz kenyér, vajas kenyér.

**Du pain beurré et salé.**

Egy kis vajazott és sózott kenyér.

**Du fromage que Gregor avait déclaré immangeable il y a deux jours.**

Sajt, amit Gregor két nappal ezelőtt ehetetlennek nyilvánított.

**Toute cette sélection de nourriture était disposée sur un journal.**

Az összes ételt egy újságra tették.

**Elle a également placé un bol d'eau à côté de ses repas.**

És egy tál vizet is tett az ételei mellé.

**Elle savait que Gregor n'aurait pas mangé devant elle.**

Tudta, hogy Gregor nem evett volna előtte.

**Par respect pour lui, elle quitta de nouveau la pièce.**

Így hát tiszteletből ismét elhagyta a szobát.

**Et elle a même tourné la clé dans la serrure en partant.**

És még a kulcsot is elfordította a zárban, amikor elment.

**Mais elle tourna la clé très doucement et avec précaution.**

De nagyon halkan és óvatosan fordította el a kulcsot.

**De cette façon, seul Gregor saurait que la porte était verrouillée.**

Így csak Gregor tudná, hogy az ajtó zárva van.

**Il pouvait désormais s'installer aussi confortablement qu'il le souhaitait.**

Most már olyan kényelembe helyezhette magát, amilyennek csak akarta.

**Les jambes de Gregor s'agitaient frénétiquement à l'heure du repas.**

Gregor lábai zakatoltak, amikor evésre volt szükség.

**Il est à noter qu'il ne ressentait plus aucune gêne.**

Érdemes megjegyezni, hogy már nem érzett semmilyen kellemetlenséget.

**Ses blessures doivent déjà être complètement guéries.**

A sebei már biztosan teljesen begyógyultak.
**Parce qu'il ne ressentait plus ses anciens handicaps.**
Mert már nem érezte a korábbi fogyatékosságait.
**Sa nouvelle capacité de guérison le surprit et l'émerveilla.**
Új gyógyító képessége meglepte és lenyűgözte.
**Il y a plus d'un mois, il s'est coupé le doigt avec un couteau.**
Több mint egy hónapja megvágta az ujját egy késsel.
**Il y a encore deux jours, cette blessure le faisait souffrir.**
Két nappal ezelőttig még mindig fájt neki az a seb.
**« Suis-je beaucoup moins sensible maintenant ? » pensa-t-il.**
„Sokkal kevésbé vagyok érzékeny most?" – gondolta
magában.
**À ce moment-là, il suçait déjà goulûment le fromage.**
Ekkorra már mohón szopogatta a sajtot.
**Il était plus attiré par le fromage que par les autres aliments.**
Jobban vonzotta a sajt, mint a többi étel.
**Il mangeait rapidement un morceau de fromage après
l'autre.**
Gyorsan megette egyik szelet sajtot a másik után.
**Ses yeux s'embuèrent de satisfaction à la vue de ce goût.**
Könnyek szöktek a szemébe az elégedettségtől az íze hallatán.
**Après le fromage, il mangea les légumes et la sauce.**
A sajt után megette a zöldségeket és a szószt.
**Cependant, les aliments frais ne lui plaisaient pas.**
A friss étel azonban nem ízlett neki.
**En fait, il ne supportait même pas l'odeur des aliments frais.**
Sőt, még a friss étel illatát sem bírta elviselni.
**Il a même éloigné les autres aliments des aliments frais.**
Még a többi ételt is elhúzta a friss ételtől.
**Et il a très vite terminé la nourriture la plus comestible.**
És nagyon gyorsan befejezte a legehetőbb ételt.
**Tous ces mets délicieux avaient un effet soporifique sur lui.**
Minden finom étel altató hatással volt rá.
**Et il s'allongea paresseusement à l'endroit où il avait mangé.**
És lustán feküdt azon a helyen, ahol evett.
**Finalement, sa sœur est revenue prendre de ses nouvelles.**
Végül a nővére visszajött, hogy újra megnézze, hogy van-e.

**Elle a eu la prévoyance de tourner la clé très lentement.**
Volt annyi előrelátása, hogy nagyon lassan fordította el a kulcsot.
**Cela a averti Gregor qu'il devait se retirer.**
Ez figyelmeztetésül szolgált Gregornak, hogy vonuljon vissza.
**Étourdi et surpris, il se précipita sous le canapé.**
Kábultan és megdöbbenve sietett vissza a kanapé alá.
**Mais rester sous le canapé n'était pas si facile cette fois-ci.**
De ezúttal nem volt olyan könnyű a kanapé alatt maradni.
**Son corps s'était un peu arrondi à cause de toute cette nourriture.**
A teste kissé kerekded lett a sok ételtől.
**Et il devait se retenir pour ne pas s'épuiser à nouveau.**
És uralkodnia kellett magán, hogy ne szaladjon ki újra.
**Même si la sœur n'est pas restée longtemps dans la chambre.**
Annak ellenére, hogy a nővér nem sokáig maradt a szobában.
**Il avait du mal à respirer dans cet espace étroit.**
Alig kapott levegőt abban a szűk helyen.
**Mais il a surmonté ces petites crises d'étouffement.**
De átküzdötte magát a kisebb fulladásrohamokon.
**Les yeux exorbités, il observait les agissements de sa sœur.**
Kidülledt szemekkel figyelte a nővér tevékenységét.
**La sœur, sans se douter de rien, a tout versé dans un seau.**
A gyanútlan nővér mindent egy vödörbe öntött.
**Elle s'est non seulement débarrassée de la nourriture que Gregor n'avait pas mangée, mais elle l'a fait.**
Nemcsak hogy megszabadult az ételtől, amit Gregor nem evett meg.
**Mais elle jetait aussi la nourriture qu'il n'avait pas touchée.**
De azt az ételt is eldobta, amihez a férfi hozzá sem ért.
**Apparemment, cet aliment n'était plus comestible pour personne.**
Úgy tűnt, hogy az az étel már senki számára sem volt ehető.
**Elle referma ensuite le seau à nourriture avec un couvercle en bois.**
Ezután egy fa fedéllel lezárta az ételes vödröt.
**Et avec la nourriture, le seau et la serpillière, elle est partie.**

Az étellel, a vödörrel és a felmosóval elment.

**Gregor n'aurait pas pu attendre beaucoup plus longtemps.**

Gregor nem sokáig várhatott volna tovább.

**Dès qu'elle fut partie, il s'échappa de sous le canapé.**

Amint a nő elment, a férfi kiszökött a kanapé alól.

**Il s'étira et souffla de soulagement.**

És kinyújtózott, és megkönnyebbülten felfújt.

**C'est ainsi que Gregor recevait de la nourriture de temps à autre.**

Így kapott Gregor azóta időnként ételt.

**Sa sœur lui a donné à manger une fois, tôt le matin.**

A nővére egyszer adott neki enni kora reggel.

**À cette heure-ci, les parents et la bonne dormaient encore.**

Ebben az órában a szülők és a szobalány még aludtak.

**Et il a reçu un deuxième repas après le déjeuner de tout le monde.**

És miután mindenki ebédelt, kapott egy második étkezést is.

**Car à ce moment-là, les parents dormaient aussi un peu.**

Mert akkoriban a szülők is aludtak egy kicsit.

**Et la servante fut envoyée par la sœur faire une course.**

A szobalányt pedig a nővér elküldte valami ügyben.

**Ils n'avaient certainement aucune intention de laisser Gregor mourir de faim.**

Biztosan nem állt szándékukban éheztetni Gregort.

**Mais ils n'auraient pas voulu le regarder manger non plus.**

De ők sem akarták volna nézni, ahogy eszik.

**Les informations fournies par la sœur étaient suffisantes.**

Amit a nővér említett, az elég információ volt.

**C'était peut-être sa façon d'épargner aux parents leur chagrin.**

Talán így akarta megkímélni a szülőket a bánattól.

**Ils avaient déjà suffisamment souffert de ses actes.**

Már eleget szenvedtek a tettei miatt.

**Le premier jour s'estompait peu à peu dans les mémoires.**

Az első nap lassan már csak távoli emlékké vált.

**Gregor n'avait aucun moyen de savoir ce qui s'était passé ce jour-là.**

Gregornak fogalma sem volt, mi történt aznap.

**Comment le serrurier a-t-il été conduit hors de l'appartement ?**

Hogyan vezették ki a lakatost a lakásból?

**Quelles excuses ont finalement satisfait le médecin ?**

Milyen kifogásokkal elégedett meg végül az orvos?

**Il n'avait trouvé aucun moyen de se faire comprendre.**

Sehogy sem tudta megértetni magát.

**Il n'a même pas réussi à communiquer avec sa sœur.**

Még a nővérével sem sikerült kommunikálnia.

**Ils en conclurent donc qu'il ne pouvait pas les comprendre.**

És ezért azt gondolták, hogy nem érti őket.

**C'est pourquoi aucun effort ne fut fait pour lui parler.**

És ezért nem tettek kísérletet arra, hogy beszéljenek vele.

**Sa sœur venait dans sa chambre tous les matins et à midi.**

A húga minden reggel és ebédnél bejött a szobájába.

**Mais il devait se contenter d'entendre ses soupirs.**

De meg kellett elégednie a sóhajtásaival.

**Plus tard, elle s'est un peu plus habituée à la forme de Gregor.**

Később azért jobban megszokta Gregor alakját.

**Et elle se sentait un peu plus libre de faire davantage de remarques.**

És egy kicsit több szabadságot érzett arra, hogy több megjegyzést tegyen.

**(Même si elle ne s'y habituerait jamais complètement.)**

(Bár sosem szokott volna hozzá teljesen.)

**Et puis Gregor eut de nouveau l'impression qu'on lui parlait un peu plus.**

És akkor Gregor úgy érezte, hogy újra egy kicsit többet beszélnek hozzá.

**Et il a perçu ce qu'il considérait comme des commentaires amicaux.**

És elkapta azokat, amiket barátságos megjegyzéseknek vélt.

**"Il a apprécié son repas aujourd'hui", ou "il a tout mangé".**

„Élvezte a mai ételt", vagy „mindent megevett".

**Mais cela n'arrivait que lorsqu'il avait fini de manger.**

De ez csak akkor volt, amikor már minden ételét megette.

**Mais récemment, cela devenait de plus en plus rare.**

De mostanában ez egyre ritkábban fordult elő.

**« Il touchait à peine à sa nourriture », disait-elle plus souvent maintenant.**

„Alig nyúlt az ételhez" – mondta most már gyakrabban.

**Et il y avait une pointe de tristesse dans sa voix à chaque fois.**

És minden alkalommal volt egy csipetnyi szomorúság a hangjában.

**Gregor ne pouvait entendre aucune autre nouvelle plus directement.**

Gregor nem tudott más híreket közvetlenebbül hallani.

**Mais il a entendu beaucoup de choses se dire dans les pièces voisines.**

De sok hírt hallott a szomszédos szobákból.

**Lorsqu'il a entendu des voix, il a couru vers la porte correspondante.**

Amikor hangokat hallott, a megfelelő ajtóhoz rohant.

**Et il a plaqué tout son corps contre la porte pour entendre.**

És egész testével az ajtóhoz nyomódott, hogy hallja.

**Toutes les conversations le concernaient d'une manière ou d'une autre.**

Minden beszélgetés valamilyen módon aggasztotta őt.

**Même lorsque le sujet semblait porter sur autre chose.**

Még akkor is, ha a téma látszólag másról szólt.

**Cette observation était particulièrement vraie au début.**

Ez a megfigyelés különösen igaz volt a kezdeti időkben.

**À chaque repas, ils répétaient la même discussion.**

Minden étkezés alatt megismételték ugyanazt a beszélgetést.

**Ils ne savaient toujours pas comment se comporter en sa présence.**

Még mindig bizonytalanok voltak abban, hogyan viselkedjenek a közelében.

**Mais le même sujet a également été abordé entre les repas.**

De ugyanez a téma az étkezések között is szóba került.
**Parce qu'il y avait toujours deux membres de la famille à la maison.**
Mert mindig két családtag volt otthon.
**Personne ne voulait rester seul à la maison.**
Senki sem akart egyedül maradni a házban.
**Mais laisser l'appartement vide était également hors de question.**
De a lakás üresen hagyása szóba sem jöhetett.
**La femme de ménage était la seule à ne pas être attachée à l'appartement.**
A szobalány volt az egyetlen, aki nem volt a lakáshoz kötve.
**Elle avait déjà demandé à partir dès le premier jour.**
Már az első napon kérte, hogy elmehessen.
**Elle s'est agenouillée et a supplié qu'on la renvoie.**
Térdre ereszkedett és könyörgött, hogy bocsáthassák el.
**La famille ignorait l'étendue des connaissances de la bonne.**
A család nem tudta, mennyit tud valójában a szobalány.
**À ce stade, elle n'en avait pas vu plus que quiconque.**
Abban a pillanatban nem látott többet, mint bárki más.
**Ce qui s'était passé restait un mystère pour la famille.**
A család számára továbbra is rejtély volt, hogy mi történt.
**Mais un quart d'heure plus tard, elle fit ses adieux.**
De negyed óra múlva elbúcsúzott.
**Et elle a remercié la famille, les larmes aux yeux.**
És könnyes szemmel köszönte meg a családnak.
**Mais en réalité, elle les remerciait de l'avoir libérée.**
De valójában megköszönte nekik, hogy elengedték.
**Ils semblaient lui avoir témoigné la plus grande bienveillance.**
Úgy tűnt, a legnagyobb kedvességet tanúsították iránta.
**Elle a même prêté serment, sans qu'on le lui demande.**
Még esküt is tett, anélkül, hogy kérték volna rá.
**Elle a dit qu'elle ne dirait à personne ce qui s'était passé.**
Azt mondta, senkinek sem fogja elmondani, mi történt.
**Désormais, la sœur devait cuisiner avec sa mère.**
Most a nővérnek együtt kellett főznie az anyjával.

**Mais ce n'était pas vraiment un inconvénient majeur.**
De ez igazából nem okozott túl nagy kellemetlenséget.
**Parce que de toute façon, ils n'avaient presque rien mangé tous les deux.**
Mert ők ketten úgyis szinte semmit sem ettek.
**Gregor surprenait sans cesse la même conversation.**
Gregor újra meg újra meghallotta ugyanazt a beszélgetést.
**L'un disait à l'autre qu'il devait manger davantage.**
Az egyik azt mondta a másiknak, hogy többet kellene ennie.
**Mais cette personne n'a reçu aucune réponse de son interlocuteur.**
De az illető nem kapott választ az illetőtől.
**« Merci, j'en ai assez », ou quelque chose de similaire.**
„Köszönöm, elég van", vagy valami hasonló.
**Peut-être qu'eux non plus ne buvaient plus rien.**
Talán ők sem ittak már semmit.
**Sa sœur demandait souvent à son père s'il voulait de la bière.**
A nővér gyakran megkérdezte az apjától, hogy kér-e sört.
**Et elle a proposé chaleureusement d'aller chercher la bière elle-même.**
És melegen felajánlotta, hogy ő maga hozza a sört.
**Le père gardait toujours le silence à sa demande.**
Az apa mindig hallgatott a kérésére.
**La sœur devait donc trouver un moyen de dissiper tout doute.**
Így a nővérnek meg kellett találnia a módját, hogy minden kétséget eloszlasson.
**Et elle a dit qu'elle enverrait la bonne chercher de la bière.**
És azt mondta, elküldi a szobalányt sörért.
**Mais finalement, le père a dit un grand « non » retentissant.**
De aztán az apa végül egy nagy, hangos „nemet" mondott.
**Puis, on n'a plus évoqué le fait qu'il boive une bière.**
Aztán a sörözés témája már nem került szóba.
**Il avait déjà expliqué la situation financière auparavant.**
Korábban már ismertette a pénzügyi helyzetet.
**En fait, il a évoqué les finances dès le premier jour.**

Sőt, már az első napon a pénzügyeket említette.
**Il leur a bien fait comprendre quelles étaient les perspectives.**
Jól tudatta velük, hogy milyen kilátások várnak rájuk.
**Sa propre entreprise avait fait faillite il y a environ cinq ans.**
A saját vállalkozása körülbelül öt évvel ezelőtt omlott össze.
**De temps en temps, il se levait pour quitter la table.**
Időről időre felállt, hogy elhagyja az asztalt.
**Et il se dirigea vers la caisse de son ancien commerce.**
És odament régi vállalkozása pénztárgépéhez.
**Il avait conservé la caisse enregistreuse par sentimentalisme.**
Szentimentalitásból mentette meg a pénztárgépet.
**Gregor l'entendit déverrouiller une serrure lourde et complexe.**
Gregor hallotta, ahogy egy nehéz és bonyolult zárat nyit.
**Et il sortit des reçus et des livres de comptes de la caisse.**
És nyugtákat és könyveket vett elő a pénztárból.
**Après avoir pris les objets, il a refermé la caisse à clé.**
Miután elvette a tárgyakat, ismét bezárta a kasszát.
**Gregor n'avait entendu aucune bonne nouvelle depuis son emprisonnement.**
Gregor bebörtönzése óta nem hallott jó híreket.
**Il pensait que l'entreprise avait ruiné son père.**
Azt hitte, hogy az üzlet csődbe vitte az apját.
**Le père avait certainement donné cette impression à Gregor.**
Az apa minden bizonnyal ezt a benyomást keltette Gregorban.
**Et Gregor ne lui a plus jamais posé de questions sur les finances.**
És Gregor soha többé nem kérdezett tőle a pénzügyekről.
**Gregor voulait faire tout son possible pour aider la famille.**
Gregor mindent meg akart tenni, hogy segítsen a családon.
**Il voulait les aider à oublier leurs difficultés financières.**
Segíteni akart nekik elfelejteni az üzleti balszerencsét.
**La faillite qui a engendré un désespoir total.**
A csőd, ami teljes reménytelenséget hozott.
**Il s'est donc mis à travailler avec une passion toute particulière.**

így aztán egészen különleges szenvedéllyel kezdett dolgozni.

**Il était devenu représentant de commerce itinérant presque du jour au lendemain.**

Szinte egyik napról a másikra utazó ügynök lett belőle.

**Avant cela, il n'avait travaillé que comme commis mal payé.**

Ezt megelőzően csak alacsony fizetésű hivatalnokként dolgozott.

**Il avait désormais des opportunités de gains complètement différentes.**

Most teljesen más kereseti lehetőségei voltak.

**Les ventes réussies pouvaient être immédiatement converties en liquidités.**

A sikeres eladások azonnal készpénzre válthatók.

**L'argent étant bien sûr versé sur ses commissions.**

A pénzt természetesen a jutalékaiból fizetik ki.

**Désormais, Gregor pouvait mettre de l'argent sur la table familiale.**

Gregor most már pénzt tudott tenni a család asztalára.

**Et ils étaient étonnés et ravis de ses gains.**

És ámultak és örültek a keresetének.

**Mais ces beaux moments ne se reproduiront plus.**

De ezek a szép idők nem fognak megismétlődni.

**Ils commençaient tout juste à s'habituer à cette période faste.**

Csak mostanra szokták meg ezeket a jó időket.

**À chaque paie, la famille acceptait l'argent avec gratitude.**

A család minden fizetésnapon hálásan elfogadta a pénzt.

**Et Gregor était tout aussi heureux de remettre l'argent.**

És Gregor ugyanilyen boldogan adta át a pénzt.

**Mais la chaleureuse affection qu'elle suscitait en retour s'est peu à peu éteinte.**

De a viszontérzet meleg szeretete lassan elhalványult.

**Seule sa sœur restait aussi proche de Gregor qu'auparavant.**

Csak a húga maradt olyan közel Gregorhoz, mint korábban.

**Elle, contrairement à Gregor, avait une profonde appréciation pour la musique.**

Gregorral ellentétben ő mélyen szerette a zenét.

**Et elle savait jouer du violon d'une manière très touchante.**

És nagyon meghatóan tudta, hogyan kell hegedülni.
**Gregor avait secrètement prévu de l'envoyer dans une école de musique.**
Gregor titokban azt tervezte, hogy zeneiskolába küldi.
**Il n'avait pas encore décidé comment il réglerait les dépenses.**
Még nem döntötte el, hogyan fogja fedezni a költségeket.
**Mais d'une manière ou d'une autre, il couvrirait les frais.**
De valamilyen módon majd fedezi a költségeket.
**De temps en temps, Gregor et sa famille partaient en courts séjours.**
Gregor és a családja időnként rövid kirándulásokra ment.
**Gregor et sa sœur abordaient souvent ce sujet.**
Gregor és a húga gyakran előhozakodtak a témával.
**Mais cela n'a jamais été évoqué que comme une idée merveilleuse.**
De csak mint csodálatos ötletet említették.
**Ils ne croyaient pas vraiment que ce rêve puisse se réaliser.**
Nem igazán hitték, hogy az álom valóra válhat.
**Et les parents n'appréciaient pas de telles ambitions fantaisistes.**
És a szülőknek nem tetszettek az ilyen fantáziadús ambíciók.
**Même lorsque le sujet a été abordé de manière tout à fait innocente.**
Még akkor is, ha a téma nagyon ártatlanul került szóba.
**Mais Gregor continuait de penser à l'école de musique.**
De Gregor továbbra is a zeneiskolára gondolt.
**Et il prévoyait d'annoncer le cadeau la veille de Noël.**
És azt tervezte, hogy szenteste bejelenti az ajándékot.
**Bien sûr, dans son état actuel, ce serait impossible.**
Persze jelenlegi állapotában ez lehetetlen lett volna.
**Mais ce genre de pensées lui traversait l'esprit.**
De efféle gondolatok cikáztak a fejében.
**Et telles étaient les pensées qui lui traversaient l'esprit en écoutant sa famille.**
És ilyen gondolatai voltak, miközben a családot hallgatta.
**Parfois, il était trop fatigué pour continuer à les écouter.**

Időnként túl fáradt lett ahhoz, hogy tovább hallgassa őket.

**Sa tête s'est affaissée contre la porte, rongée par la fatigue.**

A fáradtságtól a feje az ajtónak esett.

**Mais il appuya aussitôt de nouveau sa tête contre la porte.**

De azonnal újra az ajtónak csapta a fejét.

**Car même le moindre bruit s'entendait à l'extérieur.**

Mert még a legkisebb zajt is hallani lehetett kintről.

**Et le moindre bruit qu'il faisait plongeait la famille dans le silence.**

És minden zaj, amit kiadott, elhallgattatta a családot.

**« Que fait-il maintenant ? » demanda le père à sa famille.**

„Mit csinál most?" – kérdezte az apa a családtól.

**Il alla à la porte pour vérifier d'où venait le bruit.**

És az ajtóhoz ment, hogy megnézze, mi a zaj.

**Puis la conversation interrompue a repris progressivement.**

Aztán a félbeszakadt beszélgetés fokozatosan folytatódott.

**Mais les paroles du père ont agréablement surpris tout le monde.**

De amit az apa mondott, mindenkit meglepett.

**Gregor apprit alors la véritable situation financière.**

Gregor most már tudta meg a pénzügyek valódi állását.

**Malgré tous ces malheurs, il y a eu aussi un peu de chance.**

Minden szerencsétlenség ellenére akadt némi szerencse is.

**Une petite fortune d'antan était encore là.**

Egy egészen kis vagyon a régi időkből még mindig ott volt.

**Le père a expliqué les choses, mais a dû se répéter.**

Az apa elmagyarázta a dolgokat, de ismételnie kellett magát.

**Parce qu'il ne s'était pas occupé de ces choses depuis un certain temps.**

Mert egy ideje nem foglalkozott ezekkel a dolgokkal.

**Et parce que la mère ne comprenait pas de telles choses.**

És mivel az anya nem értett az ilyesmihez.

**Les taux d'intérêt de la banque avaient légèrement augmenté.**

A banki kamatok kissé emelkedtek.

**L'argent non utilisé avait augmenté plus que prévu.**

Az érintetlen pénz a vártnál jobban megnőtt.

**De plus, Gregor leur avait toujours donné ses économies.**
Ráadásul Gregor mindig odaadta nekik a megtakarításait.
**Il n'avait jamais gardé que quelques florins pour lui-même.**
Mindig is csak néhány guldent tartott meg magának.
**Et son argent n'avait pas été entièrement dépensé.**
És a pénzét sem költötte el teljesen.
**Ensemble, ces sommes avaient constitué un petit capital.**
Ez a pénz együttesen egy kis tőkévé gyűlt össze.
**Gregor, derrière sa porte, hocha la tête avec enthousiasme à la nouvelle.**
Gregor az ajtaja mögött lelkesen bólogatott a hír hallatán.
**Il était ravi de cette prudence et de cette frugalité inattendues.**
Örömmel fogadta ezt a váratlan óvatosságot és takarékosságot.
**Les fonds excédentaires auraient pu servir à rembourser la dette.**
A fennmaradó összeget fel lehetett volna használni az adósság törlesztésére.
**Ils n'auraient alors plus rien dû au patron.**
Akkor már semmivel sem tartoztak volna a főnöknek.
**Et Gregor aurait pu changer d'emploi bien plus tôt.**
És Gregor sokkal hamarabb is válthatott volna új munkahelyet.
**Mais la façon dont le père s'y était pris était bien meilleure maintenant.**
De ahogy az apa elrendezte, most már sokkal jobban ment.
**L'argent ne suffisait pas tout à fait pour vivre des intérêts.**
A pénz nem volt egészen elég ahhoz, hogy a kamatokból megéljen.
**Et il a fallu mettre de l'argent de côté pour les urgences.**
És félre kellett tenni némi pénzt vészhelyzetekre.
**Cela n'aurait suffi que pour un an ou deux.**
Csak egy-két évre lett volna elég a pénz.
**Cela signifiait que quelqu'un devait gagner de l'argent pour qu'ils puissent vivre.**

Ez azt jelentette, hogy valakinek pénzt kellett keresnie a megélhetéséhez.

**Le père n'était pas malade et il était assez fort.**

Az apa nem volt beteg, és elég erős is volt hozzá.

**Mais il était sans emploi depuis plus de cinq ans.**

De több mint öt éve munka nélkül volt.

**Et, du fait de son âge, il lui restait peu de confiance en lui.**

És kora miatt alig maradt önbizalma.

**Il avait également pris beaucoup de poids ces derniers temps.**

Az utóbbi időben ráadásul sokat hízott is.

**Sa vie avait toujours été ardue et infructueuse.**

Élete mindig is küzdelmes és sikertelen volt.

**Et c'étaient les premières vacances qu'il ait jamais prises.**

És ez volt az első ünnep, amit valaha is átélt.

**Et, faute d'être occupé, il était devenu assez maladroit.**

És anélkül, hogy lefoglalták volna, egészen ügyetlenné vált.

**Ne serait-il pas préférable que la vieille mère gagne l'argent ?**

Jobb lenne, ha az idős anya keresné meg a pénzt?

**La vieille mère qui souffrait d'asthme.**

Az idős anya, aki asztmában szenvedett.

**La vieille mère qui peinait à monter les escaliers.**

Az idős anya, aki küszködött a lépcsőn való feljutással.

**La vieille mère qui passait son temps allongée sur le canapé.**

Az idős anya, aki az idejét a kanapén fekve töltötte.

**La vieille mère qui préférait rester près de la fenêtre.**

Az idős anya, aki legszívesebben az ablaknál maradt.

**Pour qu'elle puisse reprendre son souffle quand elle en aurait besoin.**

Hogy tudjon levegőt venni, amikor szüksége van rá.

**Ne serait-il pas préférable que ce soit la jeune sœur qui gagne l'argent ?**

Jobb lenne, ha a fiatal nővér keresné meg a pénzt?

**La sœur, qui à dix-sept ans n'était encore qu'une enfant.**

A húg, aki tizenhét évesen még csak gyerek volt.

**La sœur qui ne connaissait que quelques modestes plaisirs.**

A nővér, akinek csak néhány szerény öröme akadt.

**La sœur qui aimait surtout jouer du violon.**

A nővér, aki főleg hegedülni szeretett.

**Elle savait que son mode de vie antérieur était très enviable ;**

Tudta, hogy korábbi életmódja irigylésre méltó;

**Bien s'habiller, faire la grasse matinée, aider à la maison.**

Csinosan öltözködni, későn kelni, segíteni a házimunkában.

**La conversation tournait souvent autour de la nécessité de gagner de l'argent.**

A beszélgetés gyakran a pénzkeresés szükségességére terelődött.

**Gregor était toujours le premier à lâcher la porte.**

Gregor mindig elsőként engedte el az ajtót.

**Cette conversation l'avait rempli de honte et de chagrin.**

A beszélgetés szégyennel és bánattal telítette el.

**Il se laissa donc tomber sur le canapé en cuir qui refroidissait.**

Így hát a hűlő bőrkanapéra vetette magát.

**Et il passait souvent le reste de la nuit sur le canapé.**

És gyakran az éjszaka hátralévő részét a kanapén töltötte.

**Il ne dormait jamais vraiment sur le canapé, ni la nuit.**

Soha nem aludt igazán a kanapén, sőt éjszaka sem.

**Souvent, il se contentait de gratter le cuir pendant des heures.**

Gyakran csak órákon át vakargatta a bőrt.

**D'autres fois, il poussait le fauteuil jusqu'à la fenêtre.**

Máskor az ablakhoz tolta a karosszéket.

**Cela a nécessité à lui seul beaucoup d'efforts de sa part.**

Már önmagában ez is rengeteg erőfeszítést igényelt a részéről.

**Le fauteuil l'a aidé à ramper jusqu'au rebord de la fenêtre.**

A karosszék segített neki felmászni az ablakpárkányra.

**Et de là, il put s'appuyer contre la fenêtre.**

És onnan már nekidőlhetett az ablaknak.

**Il éprouvait un grand sentiment de liberté en faisant cela.**

Régen nagy szabadságérzetet érzett ezzel.

**Peut-être recherchait-il une sensation de liberté d'antan.**

Talán valami régi felszabadító érzésre vágyott.

**Mais sa vue n'était plus aussi perçante qu'avant.**
De a látása már nem volt olyan éles, mint régen.
**Les objets situés à une certaine distance étaient flous et indistincts.**
A kis távolságban lévő dolgok homályosak és kivehetetlenek voltak.
**Il ne pouvait plus voir l'hôpital de l'autre côté de la rue.**
Már nem látta a kórházat az út túloldalán.
**Avant, il maudissait le paysage, maintenant il voulait le voir.**
Azelőtt átkozta a kilátást, most látni akarta.
**Il savait qu'il habitait dans la paisible Charlottenstrasse, en pleine ville.**
Tudta, hogy a csendes, városi Charlottenstrassén lakik.
**Mais il a peut-être cru qu'il regardait vers le désert.**
De azt hihette, hogy a sivatagba néz.
**Un désert où le ciel gris et la terre grise se confondaient.**
Egy pusztaság, ahol a szürke ég és a szürke föld összeolvadt.
**La sœur attentive remarqua à deux reprises que la chaise avait bougé.**
A figyelmes nővér kétszer is észrevette, hogy a szék elmozdult.
**Après avoir rangé, elle a repoussé la chaise vers la fenêtre.**
Miután rendet rakott, visszatolta a széket az ablakhoz.
**Et désormais, elle laissait même la fenêtre ouverte.**
És mostantól még az ablakkeretet is nyitva hagyta.
**Gregor aurait vraiment souhaité pouvoir parler à sa sœur.**
Gregor őszintén azt kívánta, bárcsak beszélhetett volna a húgával.
**Il voulait la remercier pour tout ce qu'elle avait fait pour lui.**
Meg akarta neki köszönni mindazt, amit érte tett.
**Il aurait alors plus facilement toléré leurs services.**
Akkor könnyebben elviselte volna a szolgálataikat.
**Mais en l'état actuel des choses, il souffrait de son aide.**
De ahogy a dolgok álltak, szenvedett attól, hogy a nő segített neki.
**La sœur, bien sûr, a tenté de dissimuler la gêne.**
A húg persze megpróbálta elfojtani a zavart.

**Et elle faisait de son mieux pour feindre de ne pas se sentir accablée.**

És mindent megtett, hogy úgy tegyen, mintha nem érezné magát tehernek.

**Bien sûr, c'est quelque chose qu'elle devait d'abord pratiquer.**

Persze ezt először gyakorolnia kellett.

**Et plus le temps passait, plus elle devenait douée.**

És minél több idő telt el, annál jobban csinálta.

**Mais Gregor eut également plus de temps pour constater sa supercherie.**

De Gregornak több ideje volt arra is, hogy lássa a színlelését.

**Même son entrée dans sa chambre était une épreuve pour lui.**

Már az is megpróbáltatás volt számára, amikor belépett a szobájába.

**Dès qu'elle est entrée, elle a couru directement vers la fenêtre.**

Amint belépett, egyenesen az ablakhoz rohant.

**Elle n'a même pas pris le temps de fermer la porte.**

Még arra sem vette a fáradságot, hogy becsukja az ajtót.

**Normalement, elle épargnait à tout le monde la vue de la chambre de Gregor.**

Általában megkímélte mindenkit Gregor szobájának látványától.

**Et elle ouvrit brusquement la fenêtre d'un geste rapide.**

És sietős kézzel felrántotta az ablakot.

**Puis elle reprit sa respiration comme si elle avait suffoqué.**

Aztán újra levegőt vett, mintha fulladozott volna.

**L'air qui entrait était froid, et elle respira profondément.**

Hideg levegő áradt be, és mélyeket lélegzett.

**Mais elle resta néanmoins un moment près de la fenêtre.**

De azért még egy darabig az ablaknál maradt.

**Elle effrayait Gregor deux fois par jour avec ce rituel.**

Naponta kétszer is megijesztette Gregort ezzel a szokással.

**Pendant qu'elle était dans la pièce, il tremblait sous le canapé.**

Amíg a nő a szobában volt, a férfi remegett a kanapé alatt.

**Il savait qu'elle aurait aimé lui épargner cette épreuve.**

Tudta, hogy a lány szívesen megkímélte volna őt ettől a megpróbáltatástól.

**Mais elle ne pouvait pas rester dans la pièce avec la fenêtre fermée.**

De nem maradhatott a szobában csukott ablakkal.

**Il y a eu une fois où elle est arrivée un peu plus tôt.**

Volt egyszer egy alkalom, amikor kicsit korábban jött be.

**Probablement environ un mois après la transformation de Gregor.**

Valószínűleg körülbelül egy hónappal Gregor átalakulása után.

**Elle s'était plus ou moins habituée à sa nouvelle apparence.**

Valamennyire már megszokta az új külsejét.

**Elle n'avait donc plus aucune raison d'être particulièrement choquée.**

Így hát már nem volt oka különösebben megdöbbenni.

**Elle le trouva toujours immobile, le regard fixé par la fenêtre.**

Még mindig mozdulatlanul bámult ki az ablakon.

**Il se trouvait dans le pire endroit où il aurait pu être.**

A lehető legszörnyűbb helyen volt.

**Il n'aurait pas été surpris si elle n'était pas entrée.**

Nem lepődött volna meg, ha nem jön be.

**Il l'empêcha d'ouvrir la fenêtre.**

Ahol megakadályozták abban, hogy kinyissa az ablakot.

**Elle quitta rapidement la pièce et ferma la porte.**

Gyorsan ismét kiment a szobából, és becsukta az ajtót.

**Un étranger aurait pu tirer toutes sortes de conclusions.**

Egy idegen mindenféle következtetésre juthatott volna.

**Peut-être attendait-il simplement l'occasion de la mordre.**

Talán csak a lehetőségre várt, hogy megharaphassa.

**Gregor, bien sûr, s'est immédiatement caché sous le canapé.**

Gregor természetesen azonnal elbújt a kanapé alá.

**Mais il dut attendre midi pour que sa sœur revienne.**

De délig kellett várnia, hogy a nővére visszatérjen.

**Et elle semblait beaucoup plus agitée que d'habitude.**
És sokkal nyugtalanabbnak tűnt, mint általában.
**Il réalisa que sa vue lui était encore insupportable.**
Rájött, hogy a látványa még mindig elviselhetetlen.
**Sa vue allait lui rester insupportable.**
A látványa elviselhetetlen marad számára.
**Elle ne pouvait probablement pas supporter de le voir,
même partiellement.**
Valószínűleg képtelen lett volna bármit is látni belőle.
**Une petite partie dépassait toujours de sous le canapé.**
Egy kis rész mindig kiállt a kanapé alól.
**Un jour, il transporta un drap sur son dos jusqu'au canapé.**
Egy nap egy lepedőt vitt a hátán a kanapéra.
**Il voulait lui épargner de voir quoi que ce soit de lui.**
Meg akarta kímélni attól, hogy bármelyik részét is lássa belőle.
**Il arrangea le drap de façon à ce qu'il soit entièrement caché.**
Úgy rendezte el a lepedőt, hogy teljesen eltakarva legyen.
**Même si elle se baissait, elle ne pourrait pas le voir.**
Még ha lehajolna sem látná.
**L'opération a pris à Gregor plus de trois heures.**
Az egész munka több mint három órát vett igénybe
Gregornak.
**Elle a peut-être pensé que le drap était inutile.**
Lehet, hogy feleslegesnek gondolta az ágyneműt.
**Elle aurait su qu'il ne voulait pas du drap.**
Tudhatta volna, hogy nem akarja a lepedőt.
**Il le faisait pour son confort, et non pour lui-même.**
A nő kényelméért tette, nem pedig saját maga miatt.
**Et elle aurait pu enlever le drap si elle l'avait voulu.**
És le is vehette volna a lepedőt, ha akarta volna.
**Mais elle laissa le drap là où Gregor l'avait mis.**
De ott hagyta a lepedőt, ahová Gregor tette.
**Et Gregor crut même avoir aperçu un regard reconnaissant.**
Gregor még hálás pillantást is kapott.
**Il avait doucement soulevé le drap avec sa tête.**
Finoman felemelte a fejével az ágyneműt.
**Il voulait savoir si sa sœur appréciait cet arrangement.**

Látni akarta, hogy a húgának tetszik-e az elrendezés.

**Les deux premières semaines ont été les plus difficiles pour les parents.**
Az első két hét volt a legnehezebb a szülők számára.
**Ils n'ont pas eu le courage d'entrer et de le voir.**
Nem tudták rávenni magukat, hogy bejöjjenek és meglátogassák.
**Il a surpris plusieurs de leurs conversations à cette époque.**
Sok beszélgetésüket kihallgatta ez idő alatt.
**Ils ont pleinement reconnu tout ce que faisait la sœur.**
Teljes mértékben elismerték mindazt, amit a nővér tett.
**Même s'ils étaient souvent agacés par elle.**
Annak ellenére, hogy régen gyakran bosszankodtak miatta.
**Parce qu'elle semblait être une fille un peu inutile.**
Mert kissé haszontalan lánynak tűnt.
**C'étaient maintenant eux qui attendaient de l'autre côté de la pièce.**
Most ők várakoztak a szoba másik oldalán.
**Et c'est elle qui est entrée dans la pièce pour tout faire.**
És ő volt az, aki bement a szobába, hogy mindent megcsináljon.
**Dès qu'elle est sortie, ils ont voulu tout savoir.**
Amint kijött, mindent tudni akartak.
**Elle a dû leur décrire précisément l'aspect de la pièce.**
Pontosan el kellett mondania nekik, hogy néz ki a szoba.
**« Qu'est-ce que Gregor a mangé ? Comment s'est-il comporté cette fois-ci ? »**
„Mit evett Gregor? Hogyan viselkedett ezúttal?"
**«Y avait-il peut-être une légère amélioration à constater ?»**
"Talán volt némi javulás, amit észre lehetett venni?"
**La mère, d'ailleurs, était en réalité plus courageuse.**
Az anya egyébként valójában bátrabb volt.
**Et bien sûr, c'était son propre fils qui se trouvait dans la pièce.**
És persze a saját fia volt a szobában.

Elle souhaitait en fait rendre visite à Gregor assez
rapidement.
Valójában viszonylag hamar meg akarta látogatni Gregort.
Mais au départ, son père et sa sœur l'ont retenue.
De az apa és a nővér eleinte visszatartották.
Ils ont avancé des arguments très rationnels pour qu'elle n'y
aille pas.
Nagyon racionális érveket hoztak fel amellett, hogy ne menjen
el.
Gregor écouta très attentivement leur raisonnement.
Gregor nagyon figyelmesen hallgatta az érvelésüket.
Et il acceptait ce raisonnement autant que sa mère.
És ugyanúgy elfogadta az érvelést, mint az anyja.
Plus tard, cependant, il a fallu la retenir par la force.
Később azonban erőszakkal kellett visszatartani.
«Laissez-moi entrer voir Gregor, c'est mon malheureux fils !»
"Engedj be Gregorhoz, ő az én szerencsétlen fiam!"
« Tu ne comprends pas que je dois aller le voir ? »
– Nem érted, hogy el kell mennem hozzá?
Gregor fut également convaincu par les arguments de sa
mère.
Gregort anyja érvei is meggyőzték.
Peut-être avait-elle raison ; ce serait bien qu'elle vienne.
Talán igaza volt; jó lenne, ha bejönne.
Le voir tous les jours serait beaucoup trop lourd.
Túl sok lenne minden nap úgy tenni, mintha ő lenne.
Mais le voir une fois par semaine suffirait peut-être.
De elég lehet hetente egyszer találkozni vele.
Elle pourrait comprendre les choses bien mieux que sa sœur.
Lehet, hogy sokkal jobban érti a dolgokat, mint a nővére.
Malgré tout son courage, elle n'était encore qu'une enfant.
Minden bátorsága ellenére még mindig csak egy gyerek volt.
Peut-être une insouciance enfantine l'a-t-elle poussée à
entreprendre cette tâche.
Talán gyerekes vakmerőség vitte rá, hogy elvállalja a feladatot.
Mais le souhait de Gregor de revoir sa mère se réalisa
bientôt.

De Gregor kívánsága, hogy lássa az anyját, hamarosan valóra vált.

**Durant la journée, Gregor se tenait à l'écart de la fenêtre.**
Napközben Gregor távol maradt az ablaktól.

**Il a agi ainsi par égard pour ses parents.**
Ezt szülei iránti tekintettel tette.

**Il n'avait pas beaucoup de place pour ramper sur le sol.**
Nem sok helye volt a padlón mászkálni.

**Il avait du mal à rester immobile pendant la nuit.**
Nehezére esett nyugton feküdnie éjszaka.

**Manger ne lui procurait plus le moindre plaisir.**
Az evés már a legcsekélyebb örömet sem okozta neki.

**Bien sûr, il devait trouver un moyen de se distraire.**
Persze, valahogy ki kellett találnia a módját, hogy elterelje a figyelmét.

**Pour se divertir, il grimpait et descendait les murs.**
Hogy elszórakozza magát, fel-alá mászott a falakon.

**Et il rampait aussi le long du plafond, la tête en bas.**
És a mennyezeten is végigkúszott, fejjel lefelé.

**Il était particulièrement heureux lorsqu'il était suspendu au plafond.**
Különösen boldog volt, amikor a mennyezetről lógott.

**C'était complètement différent de s'allonger par terre.**
Teljesen más volt, mint a földön feküdni.

**Il trouvait qu'il respirait beaucoup plus facilement dans cette position.**
Ebben a pozícióban sokkal könnyebben kapott levegőt.

**Une légère mais agréable vibration parcourut son corps.**
Egy enyhe, de kellemes rezgés futott végig a testén.

**Parfois, il se laissait même trop aller à son bonheur.**
Néha túlságosan is belefeledkezett a boldogságába.

**Il lui arrivait d'être distrait et de lâcher prise du plafond.**
Néha elterelődött a figyelme, és elengedte a plafont.

**Et à sa propre surprise, il atterrit de nouveau sur le sol.**
És legnagyobb meglepetésére visszaesett a földre.

**Mais il maîtrisait bien mieux son corps qu'auparavant.**
De sokkal jobban uralta a testét, mint korábban.

**Ainsi, il ne se blessait plus lors de chutes aussi importantes.**
Így most nem sérült meg ilyen nagy esésektől.
**Sa sœur remarqua immédiatement le nouveau plaisir de Gregor.**
A húg azonnal észrevette Gregor új örömét.
**Et on retrouvait des traces de colle là où il avait rampé.**
És ragasztónyomok voltak ott, ahol kúszott.
**Là encore, la sœur pensa au bien-être de Gregor.**
A nővér itt ismét Gregor jólétére gondolt.
**Il apprécierait peut-être d'avoir plus d'espace pour ramper.**
Talán értékelné, ha több hely lenne a mászkáláshoz.
**Et l'idée s'est fermement ancrée dans son esprit.**
És az ötlet szilárdan meggyökeresedett a fejében.
**Certains meubles volumineux entravaient sa liberté de mouvement.**
Néhány nagy bútor akadályozta a szabad mozgását.
**Il ne travaillait plus, il n'avait donc plus besoin du bureau.**
Már nem dolgozott, így nem volt szüksége az íróasztalra.
**Et la boîte prenait plus de place que nécessaire. *****
És a doboz több helyet foglalt el, mint amennyi kellett volna.
***
**La sœur n'était pas en mesure de déplacer ces choses seule.**
A nővér nem tudta egyedül mozgatni ezeket a dolgokat.
**Bien sûr, elle n'osait pas demander de l'aide à son père.**
Természetesen nem mert segítséget kérni az apjától.
**La bonne ne l'aurait certainement pas aidée non plus.**
A szobalány biztosan sem segített volna neki.
**La nouvelle femme de ménage était en réalité un an plus jeune qu'elle.**
Az új szobalány valójában egy évvel fiatalabb volt nála.
**Elle avait courageusement endossé le rôle de l'ancienne bonne.**
Bátran elvállalta az egykori szobalány szerepét.
**Mais il y avait un privilège auquel elle tenait absolument.**
De volt egy kiváltság, amihez ragaszkodott.
**Elle voulait que la cuisine reste verrouillée en permanence.**
Azt akarta, hogy a konyha mindig zárva legyen.

La sœur n'avait donc pas d'autre choix que de demander à sa mère.

Így a nővérnek nem volt más választása, mint megkérdezni az anyját.

La mère est venue à son secours en poussant des cris de joie.

Az anya izgatott örömkiáltásokkal sietett segítségül.

Mais elle se tut devant la porte de la chambre de Gregor.

De Gregor szobájának ajtajában elhallgatott.

La sœur a vérifié que tout était en ordre dans la chambre.

A nővér ellenőrizte, hogy minden rendben van-e a szobában.

Gregor avait tiré précipitamment encore plus fort sur le drap.

Gregor sietősen még szorosabbra húzta a lepedőt.

Bien que le drap-housse paraisse encore disposé au hasard.

Bár az ágynemű még mindig véletlenszerűen elrendezettnek tűnt.

Et ce n'est qu'alors qu'elle laissa sa mère entrer dans la pièce.

És csak ezután engedte be anyját a szobába.

Gregor s'abstint également d'espionner sous le drap.

Gregor tartózkodott attól is, hogy a lepedő alól kémleljen.

Il a décidé de ne pas voir sa mère cette fois-ci.

Úgy döntött, ezúttal nem látja meg az anyját.

Gregor était déjà content qu'elle soit venue.

Gregor örült, hogy egyáltalán bejött.

«Entrez, vous ne pouvez pas le voir», dit la sœur.

– Gyere be, nem láthatod – mondta a nővér.

Gregor supposa qu'elle tenait sa mère par la main.

Gregor feltételezte, hogy kézen fogva vezeti az anyját.

Puis il entendit les deux femmes, faibles, déplacer les meubles.

Aztán meghallotta, hogy a két gyenge nő a bútorokat mozgatja.

La sœur semblait s'attribuer la majeure partie du travail.

A nővér látszólag a munka nagy részét magának követelte.

Sa mère craignait qu'elle ne s'épuise.

Az anyja attól félt, hogy túl fogja magát erőltetni.

Mais la sœur n'a prêté aucune attention à ces avertissements.

De a nővér nem figyelt ezekre a figyelmeztetésekre.
**Mais même après quinze minutes, les progrès étaient très lents.**
De még tizenöt perc elteltével is nagyon lassú volt a haladás.
**Ils n'avaient pas réussi à déplacer les meubles très loin.**
Nem sikerült messzire vinniük a bútorokat.
**Ils commençaient lentement à ressentir un sentiment de défaite.**
Lassan kezdték érezni a vereség érzését.
**La mère fut la première à reconnaître l'inutilité de la démarche.**
Az anya ismerte be elsőként a hiábavalóságot.
**« Il vaudrait peut-être mieux laisser la boîte ici. »**
– Talán jobb lenne itt hagyni a dobozt.
**« Le carton est trop lourd pour que nous puissions le déplacer plus loin. »**
"A doboz túl nehéz ahhoz, hogy sokkal messzebbre tudjunk vinni."
**« Et nous n'aurons pas terminé avant l'arrivée de votre père. »**
– És nem fejezzük be, mielőtt megérkezik az apád.
**« Laisser la boîte ici lui barrerait encore plus le passage. »**
"Ha itt hagynád a dobozt, még jobban elállnád az útját."
**« Et pouvons-nous être sûrs de lui rendre service ? »**
– És biztosak lehetünk benne, hogy szívességet teszünk neki?
**Ils commencèrent à penser que le contraire pourrait bien être vrai.**
Elkezdték azt hinni, hogy az ellenkezője is igaz lehet.
**La vue du mur vide lui pesait lourdement sur le cœur.**
Az üres fal látványa nehéz súlyt ejtett a szívében.
**Qui nous dit que Gregor ne ressentirait pas la même chose ?**
Mit mondhatnánk arról, hogy Gregor ne érezne így?
**«Il est déjà habitué aux meubles de sa chambre.»**
„Már hozzászokott a szobájában lévő bútorokhoz."
**«Il pourrait se sentir encore plus abandonné dans une pièce vide.»**
„Egy üres szobában még elhagyatottabbnak érezheti magát."

À ce moment-là, sa voix s'était presque réduite à un murmure.

Ekkorra már szinte suttogássá halkult a hangja.

**Elle ignorait en réalité où se trouvait exactement Gregor.**

Valójában nem tudta Gregor pontos hollétét.

**Elle ne voulait même pas qu'il entende sa voix.**

Azt sem akarta, hogy a férfi még a hangját is hallja.

**Bien qu'elle fût certaine qu'il ne la comprenait pas.**

Bár biztos volt benne, hogy a férfi nem érti őt.

**« N'aurait-on pas l'impression de l'avoir complètement abandonné ? »**

„Nem úgy tűnne, mintha teljesen feladtuk volna őt?"

**«N'aura-t-il pas l'impression qu'on le laisse se débrouiller seul ?»**

„Nem fogja úgy érezni, hogy egyedül hagyjuk megbirkózni a nehézségekkel?"

**«Nous devrions laisser la pièce exactement comme elle était.»**

„Pontosan úgy kell elhagynunk a szobát, ahogy volt."

**« Gregor finira par nous revenir comme avant. »**

„Gregor végül úgy tér vissza hozzánk, ahogy volt."

**«Alors il constatera que tout est encore à sa place.»**

„Akkor majd azt fogja tapasztalni, hogy minden a helyén van."

**« Et il oubliera beaucoup plus facilement la période intermédiaire. »**

„És sokkal könnyebben elfelejti majd az átmeneti időszakot."

**En entendant ces mots, Gregor réalisa quelque chose.**

Amikor Gregor meghallotta ezeket a szavakat, rájött valamire.

**Son esprit était devenu confus au cours des deux derniers mois.**

Az elmúlt két hónapban teljesen összezavarodott az elméje.

**Le manque d'interactions humaines ne lui avait pas fait de bien.**

Az emberi interakció hiánya nem tett jót neki.

**Il avait vraiment besoin de la vie monotone au sein de sa famille.**

Igazán szüksége volt a családi körben töltött monoton életre.

**Pourquoi aurait-il formulé une demande aussi absurde autrement ?**

Különben miért támasztott volna ilyen értelmetlen követelést?

**Quel sens pouvait-il y avoir à vider sa chambre ?**

Mi értelme volt kiüríteni a szobáját?

**La chambre confortable est meublée de meubles hérités.**

A kényelmes szoba örökölt bútorokkal berendezett.

**Pourquoi voudrait-il transformer cette chaleur familière en une grotte ?**

Miért akarná ezt az ismert meleget barlanggá változtatni?

**Une grotte où il pouvait ramper en toute tranquillité dans toutes les directions.**

Egy barlang, ahol békésen mászkálhatott minden irányba.

**Mais une grotte où il oublia rapidement son passé humain.**

De egy barlang, amelyben gyorsan elfelejtette emberi múltját.

**Il se demandait s'il était déjà sur le point d'oublier.**

Azon tűnődött, hogy vajon már közel jár-e a felejtéshez.

**La voix de sa mère l'avait secoué et lui avait fait se souvenir.**

Anyja hangja rázította fel benne az emlékezést.

**La voix qu'il n'avait pas entendue depuis si longtemps.**

A hang, amit oly régóta nem hallott.

**Il ne fallait rien enlever ; tout devait rester.**

Semmit sem szabadott eltávolítani; mindennek a helyén kellett maradnia.

**Le mobilier a eu un effet positif sur son état.**

A bútorok pozitívan befolyásolták az állapotát.

**Et il ne pouvait pas s'en sortir sans ce lien avec le passé.**

És nem boldogulhatott e múlthoz való kapocs nélkül.

**Les meubles l'empêchaient de ramper sans but.**

A bútorok megakadályozták az eszméletlen mászkálásban.

**Mais ce n'était pas une perte ; c'était au contraire un grand avantage.**

De ez nem veszteség volt, hanem hatalmas előny.

**Malheureusement, sa sœur avait un avis très différent.**

Sajnos a nővérnek egészen más volt a véleménye.

**Elle était en quelque sorte devenue la porte-parole de Gregor.**
Valahogy Gregor szóvivőjévé vált.
**Bien sûr, son opinion n'était pas totalement injustifiée.**
Természetesen a véleménye nem volt teljesen megalapozatlan.
**Mais l'opinion de sa mère devait être contredite ici.**
De az anyja véleményét itt meg kellett cáfolni.
**Il ne s'agissait plus seulement d'enlever la boîte.**
Nem csak a dobozt kellett most eltávolítani.
**Son bureau et son armoire ne pouvaient pas rester en place non plus.**
Az íróasztala és a ruhásszekrény sem maradhatott.
**La seule chose indispensable était le canapé.**
Az egyetlen nélkülözhetetlen dolog a kanapé volt.
**Elle n'a pas pris cette décision par simple rébellion enfantine.**
Nem csupán gyerekes dacból döntött így.
**Ce n'était pas non plus sa confiance en soi récemment acquise.**
Nem is a nemrég szerzett önbizalma volt az oka.
**La nouvelle confiance qu'elle avait acquise lui a permis de travailler si dur pour gagner.**
Az új önbizalom, amiért olyan keményen kellett dolgoznia a győzelemért.
**Même si personne ne s'attendait à ce qu'elle y parvienne.**
Annak ellenére, hogy senki sem számított rá, hogy képes lesz rá.
**Gregor avait vraiment besoin de beaucoup d'espace pour ramper.**
Gregornak tényleg sok helyre volt szüksége a mászáshoz.
**Le mobilier ne faisait que réduire l'espace dont il disposait.**
A bútorok csak behatárolták a rendelkezésre álló helyet.
**Elle était capable de mieux voir ces choses que sa mère.**
Jobban látta ezeket a dolgokat, mint az anya.
**Mais peut-être que son esprit romantique a aussi joué un rôle.**
De talán romantikus szelleme is szerepet játszott.

**Les filles de cet âge acquièrent souvent un certain enthousiasme.**

Az ilyen korú lányok gyakran lelkesedéssel töltik el az embereket.

**Et ils éprouvent le besoin d'obtenir ce qu'ils veulent chaque fois qu'ils le peuvent.**

És úgy érzik, hogy amikor csak tudják, érvényesíteni kell az akaratukat.

**C'est peut-être pour cela qu'elle voulait le saboter en secret.**

Talán ezért akarta titokban szabotálni őt.

**Il est encore plus terrifiant lorsqu'il rampe sur les murs.**

Még félelmetesebb, amikor a falakon mászik.

**Les parents n'osaient plus entrer dans la pièce.**

A szülők már nem mertek belépni a szobába.

**Elle serait véritablement la seule à prendre soin de son frère.**

Valójában ő lenne a testvére egyetlen gondozója.

**Elle ne laissa pas sa mère la persuader du contraire.**

Nem hagyta, hogy anyja rábeszélje az ellenkezőjére.

**La mère de Gregor se sentait déjà mal à l'aise dans la pièce.**

Gregor anyja már nyugtalanul érezte magát a szobában.

**Elle cessa bientôt de parler et aida de nouveau sa fille.**

Hamarosan abbahagyta a beszédet, és ismét segített a lányának.

**Avec leurs forces restantes, ils ont enlevé l'armoire.**

Maradék erejükkel eltávolították a szekrényt.

**La commode, il pouvait s'en passer.**

A fiókos szekrény nélkülözhetetlen volt.

**Mais le bureau allait devoir rester en place pour le moment.**

De az íróasztalnak egyelőre maradnia kellett.

**Pendant l'absence des femmes, il tenta d'évaluer la pièce.**

Amíg a nők elmentek, megpróbálta felmérni a szobát.

**Et Gregor passa la tête sous le canapé.**

És Gregor kidugta a fejét a kanapé alól.

**Il devait voir ce qu'il pouvait faire face à la situation.**

Látnia kellett, mit tehet a helyzettel.

**Mais il a été aussi prudent et attentionné que possible.**

De a lehető legóvatosabb és legfigyelmesebb volt.

**Malheureusement, c'est la mère qui est revenue la première.**
Sajnos az anyuka ért vissza először.
**Grete était encore en train de déplacer l'armoire dans la pièce voisine.**
Grete még mindig a ruhásszekrényt pakolgatta a szomszéd szobában.
**Mais la mère n'était pas habituée à la vue de Gregor.**
De az anya nem volt hozzászokva Gregor látványához.
**Un simple aperçu de lui aurait pu la rendre malade.**
Már egy pillantás is rosszul érezhette volna magát tőle.
**Gregor recula précipitamment jusqu'à l'autre bout du canapé.**
Gregor sietve hátralépett a kanapé túlsó végébe.
**Mais il ne pouvait pas reculer et maintenir le drap en équilibre.**
De nem tudott hátralépni és egyensúlyozni az ágyneműt.
**Ce mouvement suffit à attirer l'attention de la mère.**
A mozdulat elég volt ahhoz, hogy felkeltse az anya figyelmét.
**Elle marqua une pause et resta immobile un bref instant.**
Megállt, és egy rövid pillanatig mozdulatlanul állt.
**Puis elle se retourna et sortit de la pièce.**
Aztán megfordult, és visszament a szobából.
**Gregor se répétait sans cesse que rien d'inhabituel ne s'était produit.**
Gregor folyton azt mondogatta magának, hogy semmi különös nem történt.
**« Ce ne sont que quelques meubles qui ont été emportés. »**
„Csak néhány bútort vittek el."
**Mais il dut bientôt admettre que ces événements l'avaient affecté.**
De hamarosan be kellett ismernie, hogy az események őt is érintették.
**Les femmes disaient tout ce qu'elles faisaient.**
A nők mindent elmondtak, amit tettek.
**Ils faisaient des allers-retours dans la pièce.**
Ide-oda járkáltak a szobában.
**Le bruit des meubles qui grattent le sol.**

A padlón lévő összes bútor kaparászása.
**Il avait l'impression d'être assailli de toutes parts.**
Úgy érezte, mintha minden oldalról támadnák.
**Il replia sa tête et ses jambes aussi fort qu'il le put.**
Olyan szorosan húzta be a fejét és a lábait, amennyire csak tudta.
**De toutes ses forces, il plaqua son corps au sol.**
Teljes erejével a földhöz szorította a testét.
**Il savait qu'il ne pourrait pas supporter tout cela encore longtemps.**
Tudta, hogy mindezt már nem sokáig bírja elviselni.
**Ils ont vidé sa chambre et ont pris tout ce qu'il aimait.**
Kiürítették a szobáját, és elvitték mindenét, amit szeretett.
**Ils avaient déjà pris la boîte contenant tous ses outils.**
Már elvitték a ládát, amiben az összes szerszáma volt.
**Ils étaient en train de déloger son lourd bureau du sol.**
Most a nehéz íróasztalát lazították fel a földről.
**Le bureau sur lequel il avait travaillé en rentrant du travail.**
Az íróasztal, amelyen a munkából való hazatérés után dolgozott.
**Le bureau sur lequel il avait noté ses missions professionnelles.**
Az íróasztal, amire az üzleti feladatait írta.
**Le bureau sur lequel il avait fait ses devoirs au collège.**
Az asztal, amelyen a középiskolában a házi feladatát írta.
**Oui, il avait déjà eu ce bureau à l'école primaire.**
Igen, már volt ilyen padja az általános iskolában.
**Il n'a vraiment pas eu le temps de vérifier leurs bonnes intentions.**
Valójában nem volt ideje megerősíteni jó szándékaikat.
**Bien qu'il ait presque oublié leur présence.**
Bár már majdnem el is felejtette, hogy ott vannak.
**Parce qu'ils travaillaient en silence, épuisés.**
Mert a kimerültség miatt csendben dolgoztak.
**Ils étaient trop fatigués pour annoncer leurs mouvements maintenant.**
Túl fáradtak voltak ahhoz, hogy bejelentsék a mozgásukat.

Il n'entendait que leurs lourds pas sur le sol.

Csak a nehéz lépteiket hallotta a padlón.

À ce moment précis, ils étaient appuyés contre la boîte.

Épp abban a pillanatban nekidőltek a doboznak.

Et c'est alors que Gregor est sorti de sous le canapé.

És ekkor bukkant elő Gregor a kanapé alól.

Il a changé de direction à quatre reprises.

Négyszer változtatta meg a futás irányát.

Il n'arrivait pas à se décider quel objet sauver en premier.

Nem tudta eldönteni, melyik tárgyat kell először megmentenie.

Soudain, son attention fut attirée par le mur vide.

Hirtelen az üres falra vonta magára a figyelmét.

Ils ne lui avaient laissé que la photo de la dame en fourrure.

Csak a szőrös hölgy képét hagyták meg neki.

Il rampa jusqu'à la photo pour coller son corps contre le sien.

Odakúszott a képhez, hogy testével hozzápréselődjön.

Et son corps masquait complètement la vue de la photo.

És a teste teljesen eltakarta a kép látványát.

Le verre le soutenait et apaisait son ventre brûlant.

A pohár tartotta a lábán, és megnyugtatta forró gyomrát.

On ne pouvait plus lui enlever cette photo.

Ezt a képet már nem lehetett elvenni tőle.

Puis il tourna la tête vers la porte du salon.

Aztán a nappali ajtaja felé fordította a fejét.

Il allait les regarder retourner dans la pièce.

Végignézte, ahogy a nők visszatérnek a szobába.

Et ils ne se reposèrent pas longtemps avant de revenir.

És nem sokáig pihentek, mielőtt újra visszatértek.

Grete avait le bras autour de sa mère pour l'aider à marcher.

Grete átkarolta anyját, hogy segítsen neki járni.

« Que prenons-nous maintenant ? » demanda Grete en regardant autour d'elle.

„Most mit vigyünk?” – kérdezte Grete, és körülnézett.

À ce moment précis, son regard croisa celui de Gregor.

Éppen abban a pillanatban tekintete találkozott Gregoréval.

Malgré le choc, elle a gardé son sang-froid.

A sokk ellenére megőrizte a józan eszét.

**Probablement uniquement à cause de la présence de sa mère.**

Valószínűleg csak az anyja jelenléte miatt.

**Elle pencha le visage vers sa mère, lui cachant la vue.**

Arcát anyja felé fordította, eltakarva a tekintetét.

**Et puis elle dit, d'une voix tremblante et sans réfléchir :**

Aztán remegve és meggondolatlanul így szólt:

**«Allez, on ne devrait pas retourner au salon ?»**

– Gyerünk, nem mennénk vissza a nappaliba?

**Gregor comprenait aisément les intentions de sa sœur.**

Gregor könnyen megértette a nővér szándékait.

**Sa priorité absolue était de mettre sa mère en sécurité.**

Elsődleges feladata az volt, hogy biztonságba helyezze az édesanyját.

**Mais ensuite, elle allait le poursuivre depuis le mur.**

De aztán le fogja kergetni a falról.

**« Eh bien, elle peut toujours essayer ! » pensa Gregor.**

„Hát, megpróbálhatja!" – gondolta magában Gregor.

**Il s'assit fermement sur son tableau et ne le lâcha pas.**

Szilárdan ült a képén, és nem adta fel.

**Il aurait préféré sauter au visage de sa sœur.**

Inkább a húg arcába ugrott volna.

**Mais les paroles de Grete avaient encore plus inquiété sa mère.**

De Grete szavai még jobban aggasztották az anyját.

**Elle s'écarta pour voir ce qu'on lui cachait.**

Félreállt, hogy lássa, mit rejtegetnek előle.

**Et elle vit la tache brune sur le papier peint à fleurs.**

És meglátta a barna foltot a virágos tapétán.

**Et elle a crié avant même de réaliser que c'était Gregor.**

És felsikoltott, mielőtt még rájött volna, hogy Gregor az.

**« Oh mon Dieu ! » hurla-t-elle en tendant les bras.**

– Ó, Istenem! – sikította kinyújtott karokkal.

**Et elle s'est effondrée sur le canapé comme si elle avait renoncé.**

És úgy rogyott le a kanapéra, mintha feladta volna.

« Gregor ! » cria sa sœur en levant le poing.

„Gregor!" – kiáltotta rá a nővér felemelt ököllel.

**Et elle lui lança un regard long, dur et pénétrant.**

És hosszan, keményen és áthatóan nézett rá.

**C'était la première fois qu'elle lui parlait directement.**

Ez volt az első alkalom, hogy közvetlenül beszélt vele.

**Elle a couru dans la pièce voisine pour aller chercher des sels d'ammoniaque.**

Átrohant a szomszéd szobába, hogy illatos sót hozzon.

**Elle devait ramener sa mère à la conscience.**

Vissza kellett hoznia az anyját az eszméletéhez.

**Gregor voulait aider, il pourrait sauvegarder la photo plus tard.**

Gregor segíteni akart, később majd elmentheti a képet.

**Mais il s'était solidement collé à la vitre.**

De erősen odaszorult az üveghez.

**Il a donc dû s'arracher à ce point en utilisant beaucoup de force.**

Így aztán nagy erőt kellett bevetve eltépnie magát.

**Il courut lui aussi dans la pièce voisine, où se trouvait sa sœur.**

Ő is berohant a szomszéd szobába, ahol a nővér volt.

**Autrefois, il aurait pu lui donner quelques conseils.**

Régebben adhatott volna neki egy kis tanácsot.

**Mais à présent, il ne pouvait rien faire d'autre que rester là, impuissant, et regarder.**

De most nem tehetett mást, mint tétlenül állt és nézte.

**Elle fouilla dans le tiroir, ouvrant diverses bouteilles.**

Átkutatta a fiókot, és különféle üvegeket nyitott ki.

**Et il lui faisait encore peur quand elle se retournait.**

És még akkor is megijesztette, amikor a lány megfordult.

**Une bouteille est tombée par terre, s'est cassée et a éclaté.**

Egy üveg a földre esett, eltört, majd szilánkokra tört.

**Un éclat de verre a frappé Gregor au visage et l'a blessé.**

Egy üvegszilánk Gregor arcába csapódott, és megsérült.

**La bouteille contenait une sorte de liquide caustique.**

A palack valamilyen maró folyadékot tartalmazott.

**Et maintenant, le liquide corrosif brûlait le visage de Gregor.**

És most a maró folyadék Gregor arcát égette.

**Sa sœur, cependant, n'avait pas de temps à consacrer à Gregor pour le moment.**

A nővérnek azonban most nem volt ideje Gregorra.

**Elle ramassa autant de bouteilles qu'elle put.**

Annyi üveget szedett fel, amennyit csak tudott.

**Et elle est retournée en courant vers sa mère avec les médicaments.**

És visszaszaladt az anyjához a gyógyszerrel.

**Elle claqua la porte du pied, empêchant Gregor d'entrer.**

Lábával becsapta az ajtót, kizárva Gregort.

**Il était désormais coupé de sa mère, potentiellement mourante.**

Most el volt vágva a potenciálisan haldokló anyjától.

**S'il ouvrait la porte, il chasserait sa sœur.**

Ha kinyitná az ajtót, elkergetné a nővért.

**Mais bien sûr, elle devait rester pour s'occuper de sa mère.**

De persze maradnia kellett, hogy gondoskodjon az anyáról.

**Il ne pouvait plus rien faire d'autre qu'attendre.**

Most már nem tehetett mást, mint várta őket.

**Rongé par les remords et l'anxiété, il se mit à ramper.**

Önvád és szorongás gyötörte, ezért kúszni kezdett.

**Il rampait partout : sur les murs, les meubles, le plafond.**

Mindenhová mászott: a falakon, a bútorokon, a mennyezeten.

**Il avait l'impression que toute la pièce tournait autour de lui.**

Úgy érezte, mintha az egész szoba forogna körülötte.

**Finalement, désespéré et pris de vertiges, il retomba.**

Végül kétségbeesésében és szédülésében visszaesett a földre.

**Et il est tombé directement sur la grande table de la salle à manger.**

És egyenesen a nagy étkezőasztalra esett.

**Il resta allongé là un certain temps, engourdi et incapable de bouger.**

Egy ideig ott feküdt, zsibbadtan és mozdulni képtelenül.

**Il était épuisé par tout ce que cette journée lui avait apporté.**

Kimerült volt mindaztól, amit ez a nap ráhozott.

**Le silence régnait partout, mais c'était peut-être bon signe.**

Csend volt mindenhol, de talán ez jó jel volt.

**Puis, brisant le silence, la sonnette retentit à l'extérieur.**

Aztán, megtörve a csendet, megszólalt a kint lévő csengő.

**La bonne, bien sûr, s'était enfermée dans sa cuisine.**

A szobalány természetesen bezárkózott a konyhába.

**La sœur était donc la seule à pouvoir ouvrir la porte.**

Így a nővér volt az egyetlen, aki kinyithatta az ajtót.

**« Que s'est-il passé ? » fut la première question du père.**

„Mi történt?" – volt az első kérdés, amit az apa kérdezett.

**L'apparence de Grete lui avait probablement tout dit.**

Grete külseje valószínűleg mindent elárult neki.

**La voix de Grete devint étouffée et monotone tandis qu'elle parlait.**

Grete hangja tompává és unalmassá vált, miközben beszélt.

**Elle a dû enfouir son visage contre la poitrine de son père.**

Biztosan az apja mellkasához nyomta az arcát.

**« Maman était inconsciente, mais elle va mieux maintenant. »**

– Az anya eszméletlen volt, de most már jobban van.

**« Gregor s'est échappé », a-t-elle ajouté, ce à quoi il s'attendait.**

„Gregor megszökött" – tette hozzá, amire számított is.

**« Je vous l'ai toujours dit, il allait s'échapper un jour. »**

– Mindig mondtam, hogy egy nap meg fog szökni.

**« Mais vous, les femmes, vous ne vouliez pas m'écouter, n'est-ce pas ? »**

– De ti nők nem akartatok rám hallgatni, ugye?

**Gregor comprit rapidement comment son père verrait les choses.**

Gregor gyorsan rájött, hogyan látja majd az apja a dolgokat.

**Il avait mal interprété le message trop bref de Grete.**

Félreértelmezte Grete túlságosan rövid üzenetét.

**Il supposa que Gregor avait commis un acte de violence.**

Azt feltételezte, hogy Gregor valamilyen erőszakos cselekedetet követett el.

**Gregor devait trouver un moyen d'apaiser son père d'une manière ou d'une autre.**

Gregornak valahogyan meg kellett találnia a módját, hogy megnyugtassa apját.

**Parce qu'il n'avait pas le temps de lui expliquer les choses.**

Mert nem volt ideje elmagyarázni neki a dolgokat.

**Mais de toute façon, il n'aurait pas été capable d'expliquer les choses.**

De úgysem tudta volna megmagyarázni a dolgokat.

**Il s'est donc enfui vers la porte et s'y est plaqué.**

Így hát az ajtóhoz menekült, és nekidőlt neki.

**Ainsi, son père pourrait le voir depuis l'antichambre.**

Így az apja láthatta őt az előszobából.

**Et il pourrait constater qu'il avait les meilleures intentions.**

És látni fogja, hogy a legjobb szándék vezérli.

**Il n'était pas nécessaire de le repousser avec un balai.**

Nem volt szükség arra, hogy seprűvel lökdössék vissza.

**Il aurait suffi que le père ouvre la porte.**

Az apának csak ki kellett volna nyitnia az ajtót.

**Mais il n'était pas d'humeur à remarquer de telles subtilités.**

De nem volt kedve ilyen finomságokat észrevenni.

**« Te voilà ! » s'exclama-t-il dès qu'il entra.**

„Tessék!" – kiáltotta, amint belépett.

**C'était comme s'il était à la fois en colère et heureux.**

Mintha egyszerre lett volna dühös és boldog.

**Il recula la tête et leva les yeux vers son père.**

Hátravetette a fejét, és felnézett az apjára.

**Il n'avait pas imaginé son père debout là, dans cette position.**

Nem gondolta volna, hogy az apja így áll ott.

**Mais ces derniers temps, il s'était trouvé une nouvelle distraction.**

De az utóbbi időben új szórakozásra lelt.

**Ramper occupait désormais une grande partie de sa journée.**

A mászkálás mostanra a napja nagy részét kitöltötte.

**Auparavant, il se tenait au courant de toutes les nouvelles dans l'appartement.**

Azelőtt folyamatosan nyomon követte a lakásban történt híreket.

**Mais ces derniers temps, il n'y avait pas prêté beaucoup d'attention.**

De mostanában nem figyelt rá annyira.

**Il aurait dû se préparer à faire face aux changements.**

Fel kellett volna készülnie a változásokra.

**Pour autant, cet homme qui se tenait devant lui était-il encore son père ?**

Mindazonáltal, vajon ez a férfi előtte még mindig az apa volt?

**Était-ce le même homme qui avait l'habitude de rester allongé, fatigué, dans son lit ?**

Ugyanaz az ember volt, aki fáradtan feküdt az ágyában?

**Alors que Gregor était déjà parti en voyage d'affaires.**

Amikor Gregor már üzleti útra ment.

**Était-ce le même homme qui le saluait le soir ?**

Ugyanaz a férfi volt, aki esténként üdvözölte?

**Lorsqu'il était en robe de chambre, dans son fauteuil.**

Amikor köntösben ült a karosszékében.

**Était-ce le même homme qui n'avait pas pu se lever pour l'accueillir ?**

Ugyanaz az ember volt, aki nem tudott felkelni, hogy üdvözölje őt?

**Restant assis, il leva le bras en signe de joie.**

Így hát ülve maradt, és örömének jeléül felemelte a karját.

**Était-ce le même homme avec qui il faisait parfois des promenades ?**

Ugyanaz a férfi volt, akivel alkalmanként sétálni ment?

**Exceptionnellement : quelques dimanches par an, ou les jours fériés.**

Ritka alkalmakkor: évente néhány vasárnap, vagy ünnepnapokon.

**Était-ce le même homme qui marchait, enveloppé dans son pardessus ?**

Ugyanaz az ember volt, aki a nagykabátjába burkolózva sétált?

**S'est-il lentement avancé, entre la mère et lui ?**

Lassan előrekúszott, az anyja és őközte?
**Et ils marchaient déjà lentement à cause de lui.**
És már lassan mentek miatta.
**Mais à présent, cet homme se tenait droit et fort.**
De most ez az ember erősen és egyenesen állt.
**Il portait un uniforme bleu à boutons dorés.**
Kék egyenruhát viselt, aranygombokkal.
**Les badges que portent les employés des institutions bancaires.**
Gombok, amelyeket a bankintézmények alkalmazottai viselnek.
**Au-dessus du col rigide, son double menton prononcé se dessinait.**
A merev gallér felett előbukkant erős tokája.
**Sous ses sourcils broussailleux, ses yeux noirs fixaient le vide.**
Bozontos szemöldöke alól fekete szemei kidülledtek.
**À présent, ses yeux paraissaient perçants, frais et alertes.**
Most a tekintete áthatónak, frissnek és ébernek tűnt.
**Les cheveux blancs, auparavant ébouriffés, étaient désormais peignés.**
A korábban kócos, fehér hajat lefésülték.
**Et ses cheveux étaient désormais coiffés d'une raie centrale méticuleuse.**
És a haja most gondosan középen elválasztva volt.
**Il jeta son chapeau, orné d'un monogramme en or.**
Elhajította a kalapját, amelyet egy arany monogram erősített.
**Il s'agissait probablement du monogramme de la banque pour laquelle il travaillait.**
Valószínűleg annak a banknak a monogramja volt, amelyiknél dolgozott.
**Et le chapeau atterrit sur le canapé, pour être rangé plus tard.**
És a kalap a kanapéra esett, hogy később eltegye.
**Il repoussa le bas de sa longue veste d'uniforme.**
Hátratolta a hosszú egyenruhazakó alját.
**Et il mit ses pouces dans les poches de son pantalon.**
És a hüvelykujjait a nadrágja zsebébe dugta.

**Puis, le visage sombre, il s'avança vers Gregor.**

Aztán komor arccal Gregor felé lépett.

**Il ne savait probablement même pas ce qu'il comptait faire.**

Valószínűleg azt sem tudta, mit tervez.

**Mais il leva néanmoins les pieds exceptionnellement haut.**

De ennek ellenére szokatlanul magasra emelte a lábát.

**Gregor était stupéfait par la taille énorme de ses bottes.**

Gregort elámulta csizmája hatalmas mérete.

**Mais il n'y avait vraiment pas le temps de s'extasier devant ses chaussures.**

De igazán nem volt idő a cipőjén csodálkozni.

**Le père avait opté pour une discipline très stricte.**

Az apa nagyon szigorú fegyelmet határozott el.

**Seule la plus grande sévérité convenait à Gregor.**

Gregorral szemben csak a legnagyobb szigor illett.

**Il le savait dès le premier jour de sa transformation.**

Ezt már az átalakulása első napjától tudta.

**Il courut vers son père et s'arrêta quand celui-ci s'arrêta.**

Odaszaladt az apjához, és megállt, amikor az megállt.

**Il se précipita de nouveau vers lui lorsqu'il bougea à nouveau.**

Amikor az újra megmozdult, ismét feléje sietett.

**Le père marqua une pause, et Gregor fit de même.**

Az apa egy pillanatra megállt, és Gregor is.

**Et il se précipita de nouveau en avant dès que son père eut bougé.**

És amint az apja megmozdult, ismét előrerohant.

**Ils firent ainsi plusieurs fois le tour de la pièce.**

Így aztán többször is körbejárták a szobát.

**Aucun avantage décisif n'avait encore été obtenu par qui que ce soit.**

Döntő előnyre még senki sem tett szert.

**On n'aurait pas pu avoir l'impression d'une poursuite.**

Nem alakulhatott ki az a benyomás, hogy üldözésről van szó.

**Parce que tout l'événement se déroulait beaucoup trop lentement.**

Mert az egész esemény túl lassan zajlott.

**Gregor avait décidé de rester au sol.**

Gregor úgy döntött, hogy a földön marad.

**Il aurait pu courir le long des murs et du plafond.**

Felfuthatott volna a falakon és a mennyezet mentén.

**Mais il ne voulait pas provoquer inutilement le père.**

De nem akarta feleslegesen provokálni az apát.

**Une telle évasion aurait pu paraître particulièrement perverse.**

Egy ilyen szökés különösen gonosznak tűnhetett volna.

**Gregor admit que cette poursuite ne pourrait pas durer beaucoup plus longtemps.**

Gregor elismerte, hogy ez az üldözés nem tarthat sokáig.

**Chaque étape nécessitait une myriade de mouvements.**

Minden egyes lépést számtalan mozdulattal kellett fogadni.

**Il commençait déjà à avoir le souffle court.**

Már kezdte érezni a légszomjat.

**Même avant cela, il n'avait jamais eu des poumons totalement fiables.**

Már azelőtt sem volt teljesen megbízható tüdeje.

**Il avançait en titubant, économisant ses forces pour la course.**

Támolyogva haladt előre, minden erejét a futásra tartogatva.

**Il était si fatigué qu'il avait du mal à garder les yeux ouverts.**

Annyira fáradt volt, hogy alig bírta nyitva tartani a szemét.

**Ses pensées étaient devenues trop lentes pour qu'il puisse envisager d'autres solutions.**

Gondolatai túl lelassultak ahhoz, hogy más menekülési lehetőségeken gondolkodjon.

**Il avait presque oublié que les murs étaient à sa disposition.**

Majdnem el is felejtette, hogy a falak a rendelkezése állnak.

**Mais les murs étaient de toute façon dissimulés derrière des meubles.**

De a falakat így is bútorok takarták el.

**Et les meubles avaient trop d'encoches et de saillies.**

És a bútorokon túl sok bevágás és kiemelkedés volt.

**Et puis, juste à côté de lui, en roulant, il y avait une pomme.**

És akkor, közvetlenül mellette, gurulva, ott termett egy alma.

**Il réalisa que la pomme avait dû lui être lancée.**

Biztosan rádobták az almát, döbbent rá.

**Mais il n'eut pas le temps de réfléchir qu'une autre pomme arriva.**

De nem volt ideje gondolkodni, mielőtt jött egy újabb alma.

**Gregor resta figé, sous le choc de la nouvelle stratégie de son père.**

Gregor megdermedt a döbbenettől az apa új stratégiája hallatán.

**Il ne pouvait plus rien gagner à essayer de fuir.**

Már semmit sem ért volna a futáspróbálkozással.

**Le père avait décidé de le bombarder de fruits.**

Az apa úgy döntött, hogy gyümölccsel bombázza.

**Il avait rempli ses poches avec les fruits du bol de la cuisine.**

A konyhai gyümölcstálból tömte tele a zsebeit.

**Sans viser particulièrement, il lançait pomme après pomme.**

Különösebb célzás nélkül almát szórt az egyik almára.

**Ces petites pommes rouges roulaient sur le sol.**

Ezek a kis piros almák gurultak a földön.

**Comme électrifiées, les pommes se heurtèrent les unes aux autres.**

Mintha elektromos áram öntötte volna el őket, az almák egymásba ütődtek.

**Une des pommes, lancée mollement, a effleuré le dos de Gregor.**

Az egyik gyengén elhajított alma súrolta Gregor hátát.

**Heureusement pour lui, la pomme a glissé sans le blesser.**

Szerencséjére az alma ártalmatlanul lecsúszott.

**Cependant, la pomme lancée ensuite était plus précise.**

Az utána dobott alma azonban pontosabb volt.

**Et cette pomme s'est logée profondément dans le dos de Gregor.**

És ez az alma mélyen befúródott Gregor hátába.

**Gregor voulait s'éloigner de la douleur.**

Gregor legszívesebben elhúzódott volna a fájdalom elől.

**Peut-être pourrait-on échapper à cette nouvelle douleur inimaginable.**

Talán meg lehetne szabadulni ettől az új, hihetetlen fájdalomtól.

**Un changement d'endroit pourrait peut-être soulager son supplice.**

Talán egy helyváltoztatás enyhítené a kínját.

**Mais il avait l'impression d'être cloué au sol.**

De úgy érezte, mintha a padlóhoz szegezték volna.

**Il s'étira, mais seulement à cause de sa confusion.**

Kinyújtózott, de csak a zavarodottsága miatt.

**Ce n'est qu'à son dernier regard qu'il vit la porte s'ouvrir.**

Csak utolsó pillantásával látta meg az ajtó nyílását.

**La mère s'est précipitée devant sa sœur qui hurlait.**

Az anya kirohant a sikoltozó nővér elé.

**Sa sœur l'avait déshabillée, elle était donc encore en chemise.**

A nővér levetkőztette, így csak ingben volt rajta.

**Elle avait besoin de respirer pendant son inconscience.**

Lélegzetvételre volt szüksége az eszméletlenségében.

**Il voyait encore la mère courir vers le père.**

Még mindig látta, ahogy az anya az apa felé rohan.

**Ses jupes glissèrent au sol, l'une après l'autre.**

Szoknyái egymás után csúsztak a földre.

**Il la vit s'approcher du père et trébucher sur sa jupe.**

Látta, ahogy a lány közeledik az apjához, és megbotlik a szoknyájában.

**L'enlaçant, elle demanda qu'on épargne la vie de Gregor.**

Átölelve őt, kérte Gregor életének megkímélését.

**En parfaite harmonie avec son corps, sa vue s'est éteinte.**

Teljes egységben testével, látása elromlott.

## Troisième partie

**Gregor a souffert de cette grave blessure pendant plus d'un mois.**

Gregor több mint egy hónapig szenvedett a súlyos sérüléstől.

**La pomme restait incrustée ; personne n'osait l'enlever.**

Az alma beágyazódott; senki sem merte eltávolítani.

**La pomme restait plantée dans sa chair comme un rappel visible.**

Az alma látható emlékeztetőül a húsában maradt.

**Mais la pomme servait aussi de rappel au père.**

De az alma emlékeztetőül is szolgált az apának.

**Il comprit que Gregor ne devait pas être traité comme un ennemi.**

Rájött, hogy Gregorral nem szabad ellenségként bánni.

**Actuellement, son apparence pourrait être triste et repoussante.**

Jelenleg a külseje szomorú és undorító lehet.

**Mais il restait néanmoins un membre de leur famille.**

De ettől függetlenül továbbra is a családjuk tagja maradt.

**Il a fallu accepter et tolérer cette réticence.**

A vonakodást le kellett nyelni és el kellett tűrni.

**En raison de sa blessure, il risque fort de perdre sa mobilité à jamais.**

A sérülése miatt könnyen elvesztheti mozgásképességét örökre.

**Il continuait à ramper dans sa chambre, mais beaucoup plus lentement.**

Még mindig mászkált a szobájában, de sokkal lassabban.

**Ramper à une quelconque hauteur était hors de question.**

Semmilyen magasságban kúszás szóba sem jöhetett.

**Mais Gregor a bien reçu une forme de compensation.**

Gregor azonban valamilyen formában kártérítést kapott.

**Le soir, la porte du salon lui fut ouverte.**

Este kinyitották előtte a nappali ajtaját.

**Et il estimait que ces réparations étaient tout à fait adéquates.**

És úgy érezte, hogy ezek a jóvátételek teljesen megfelelőek.

**Avant le soir, il avait déjà commencé à surveiller la porte.**

Még estére elkezdte figyelni az ajtót.

**Il était allongé dans l'obscurité, invisible depuis le salon.**

A sötétben feküdt, láthatatlanul a nappaliból.

**Il pouvait voir toute la famille à la table illuminée.**

Látta az egész családot a kivilágított asztalnál.

**Il était désormais autorisé à écouter leurs conversations.**

Most már megengedték neki, hogy meghallgassa a beszélgetéseiket.

**C'était très différent de leur arrangement précédent.**

Ez merőben más volt, mint a korábbi megállapodásuk.

**Les conversations animées d'autrefois étaient terminées.**

A korábbi idők élénk beszélgetései véget értek.

**C'étaient ces conversations qu'il désirait tant.**

Ezek voltak azok a beszélgetések, amelyekre régen vágyott.

**Lorsqu'il dormait seul dans de petites chambres d'hôtel.**

Amikor egyedül aludt kis hotelszobákban.

**Quand il a dû se jeter dans les draps humides.**

Amikor bele kellett vetnie magát a nedves ágyneműbe.

**Mais les soirées étaient désormais généralement calmes et sans incident.**

De az esték mostanában többnyire csendesek és eseménytelenek voltak.

**Le père s'est endormi dans son fauteuil après le dîner.**

Az apa vacsora után elaludt a karosszékében.

**Et la mère et la sœur s'exhortaient mutuellement à se taire.**

Az anya és a nővér pedig csendre intette egymást.

**La mère, penchée très haut sur la lampe, cousait du lin.**

Az anya, messze a fény fölé hajolva, vásznat varrt.

**Elle confectionne maintenant des robes pour l'un des magasins de mode.**

Most ruhákat varr az egyik divatüzletnek.

**Comme Gregor, sa sœur avait trouvé un emploi de vendeuse.**

Gregorhoz hasonlóan a nővér is eladóként vállalt munkát.

**Elle apprenait la sténographie et le français le soir.**

Esténként gyorsírást és franciát tanult.

**Afin qu'elle puisse peut-être obtenir un meilleur poste plus tard.**

Hogy később talán jobb állást kapjon.

**Parfois, le père se réveillait de sa sieste du soir.**

Az apa néha felébredt az esti szunyókálásból.

**« Chérie, tu as déjà cousu tellement longtemps aujourd'hui ! »**

"Drágám, már olyan sokáig varrtál ma!"

**Il semblait avoir oublié qu'il dormait.**

Úgy tűnt, elfelejtette, hogy aludt.

**Mais il retombait aussitôt dans son sommeil.**

De azonnal újra visszaesett az álomba.

**Et la mère et la sœur s'échangèrent un sourire las.**

Az anya és a nővér fáradtan egymásra mosolyogtak.

**Le père avait développé une étrange nouvelle obstination.**

Az apa furcsa, újfajta makacsságot fejlesztett ki.

**Même chez lui, il refusait d'enlever son uniforme de domestique.**

Még otthon sem volt hajlandó levenni a szolgai egyenruháját.

**Et son peignoir pendait inutilement sur le cintre.**

A köntöse pedig hasztalanul lógott a fogason.

**Le père dormit donc, tout habillé, dans son fauteuil.**

Így az apa teljesen felöltözve aludt el a karosszékében.

**C'était comme s'il était toujours prêt à rendre service.**

Mintha mindig készen állt volna a szolgálatára.

**Comme s'il attendait simplement la voix de son supérieur.**

Mintha csak a felettese hangjára várt volna.

**Cela a eu pour conséquence que son uniforme a perdu sa propreté.**

Emiatt az egyenruhája elvesztette tisztaságát.

**Bien que l'uniforme ne fût pas neuf lorsqu'il l'a reçu.**

Bár az egyenruha sem volt új, amikor megkapta.

**Et la mère faisait de son mieux pour prendre soin de l'uniforme.**

Az anya pedig mindent megtett, hogy vigyázzon az egyenruhára.

**Gregor passait des soirées entières à contempler cet uniforme.**

Gregor egész estéket töltött azzal, hogy ezt az egyenruhát nézegette.

**Il observa le vieil homme dormir très mal.**

Nézte, ahogy az öregember igen kényelmetlenül alszik.

**Mais dans son sommeil, il remarqua aussi quelque chose de paisible.**

Ám álmában valami békés dolgot is észrevett.

**Lorsque l'horloge a sonné dix heures, la mère a essayé de le réveiller.**

Amikor az óra tízet ütött, az anya megpróbálta felébreszteni.

**Elle lui parla doucement et le persuada d'aller se coucher.**

Halkan beszélt, és rábeszélte, hogy feküdjön le.

**Parce que dormir sur un fauteuil, ce n'était pas du vrai sommeil.**

Mert a karosszékben alvás nem volt igazi alvás.

**Il allait devoir commencer à travailler à six heures.**

Hat órakor kellett volna elkezdenie dolgozni.

**Il avait donc vraiment besoin de dormir le mieux possible.**

Szóval tényleg a lehető legjobban kellett aludnia.

**Mais il était pris d'une nouvelle forme d'obstination.**

De egy újfajta makacsság ragadott magával.

**Le fait de devenir serviteur avait commencé à avoir cet effet sur lui.**

A szolgaság kezdett ilyen hatással lenni rá.

**Il insistait donc toujours pour rester plus longtemps à table.**

Így mindig ragaszkodott hozzá, hogy tovább maradjon az asztalnál.

**Bien qu'il se rendormît régulièrement dans son fauteuil.**

Bár rendszeresen újra elaludt a székében.

**Et il ne pouvait être déplacé qu'avec la plus grande difficulté.**

És csak a legnagyobb nehézség árán lehetett megmozdítani.

**Il a fallu lui dire que ce lit lui conviendrait mieux.**

Meg kellett neki mondani, hogy az ágy jobb lesz neki.
**La mère et la sœur ont dû insister, malgré quelques avertissements.**
Anyának és nővérének apró figyelmeztetésekkel kellett ragaszkodniuk hozzá.
**Pendant quinze minutes, il se contenta de secouer lentement la tête.**
Tizenöt percig csak lassan rázta a fejét.
**Et il garda les yeux fermés et refusa de se lever.**
És csukva tartotta a szemét, és nem volt hajlandó felkelni.
**La mère tira doucement, mais fermement, sur sa manche.**
Az anya gyengéden, de határozottan megrántotta az ingujját.
**Et elle lui murmurait des mots flatteurs à l'oreille, encore fatiguée.**
És hízelgő szavakat suttogott fáradt fülébe.
**La sœur a interrompu sa tâche pour aider sa mère.**
A nővér otthagyta a feladatát, hogy segítsen az anyjának.
**Mais aucun de leurs efforts n'a fonctionné sur le père.**
De egyik erőfeszítésük sem használt az apánál.
**Il s'enfonça encore plus profondément dans son fauteuil, prêt à dormir.**
Még mélyebbre rogyott a székébe, készen az alvásra.
**Et finalement, les femmes l'ont attrapé sous les aisselles.**
És végül a nők megragadták a hónalja alatt.
**Il ouvrit les yeux et les regarda tour à tour.**
Kinyitotta a szemét, és felváltva nézte őket.
**« Quelle vie ! » se plaignit-il en allant se coucher.**
„Micsoda élet ez!” – panaszkodott lefekvés közben.
**« Est-ce là la paix qui m'a été accordée dans ma vieillesse ? »**
„Ez lenne az a békesség, amit öregkoromban kaptam?”
**Mais alors, s'appuyant sur les deux femmes, il se leva maladroitement.**
De aztán a két nőre támaszkodva esetlenül felállt.
**Il agissait comme s'il portait le fardeau le plus lourd.**
Úgy tett, mintha a legnehezebb terhet cipelné.
**Il laissa les deux femmes le conduire au fond de la pièce.**
Hagyta, hogy a két nő a szoba végébe vezesse.

**Là, il leur souhaita bonne nuit et poursuivit son chemin seul.**

Ott jó éjszakát kívánt nekik, majd továbbment egyedül.

**Mais la mère jeta précipitamment son nécessaire à couture.**

De az anya sietve elhajította a varrókészletét.

**Et la sœur posa elle aussi le stylo et le bloc-notes.**

És a húg is letette a tollat és a jegyzettömböt.

**Et ils coururent derrière le père pour l'aider davantage.**

És az apa mögé futottak, hogy tovább segítsenek neki.

**Qui, dans cette famille surmenée, avait du temps à consacrer à Gregor ?**

Kinek volt ideje Gregorra ebben a túlterhelt családban?

**Qui aurait pu lui accorder plus d'attention que nécessaire ?**

Ki szentelhetett volna neki több figyelmet a kelleténél?

**Le budget des ménages est devenu de plus en plus restreint.**

A háztartási költségvetés egyre szűkebbé vált.

**Finalement, pour faire des économies, ils ont dû licencier la bonne.**

Végül, hogy pénzt takarítsanak meg, el kellett bocsátaniuk a szobalányt.

**Elle fut remplacée par une femme à la carrure imposante et aux cheveux blancs.**

Egy vastag csontú, ősz hajú nő váltotta.

**Mais cette femme ne venait que le matin et le soir.**

De ez a nő csak reggel és este jött.

**Et tout le travail le plus lourd et le plus pénible lui avait été réservé.**

És a legnehezebb és legkeményebb munkát is neki szánták.

**Toutes les autres tâches ménagères étaient prises en charge par la mère.**

Minden más házimunkát az anya végzett.

**Il est même arrivé que plusieurs bijoux de famille soient vendus.**

Még az is előfordult, hogy különféle családi ékszereket adtak el.

**Des bijoux que les femmes avaient portés avec joie lors des festivités.**

Az ékszereket, amelyeket a nők boldogan viseltek az ünnepségek alatt.

**Gregor a appris cela lors d'une discussion générale.**

Gregor ezt az egyik általános beszélgetésből tudta meg.

**Le principal grief, cependant, portait sur autre chose.**

A legnagyobb panasz azonban valami más volt.

**L'appartement était trop grand, mais ils ne pouvaient pas déménager.**

A lakás túl nagy volt, de nem tudtak kiköltözni.

**Il était impossible de déplacer Gregor.**

Lehetetlen volt, hogy Gregort áthelyezzék.

**Mais Gregor comprit que ce n'était pas seulement une question de considération.**

De Gregor rájött, hogy nem csak a megfontolásról van szó.

**Quelque chose d'autre les a empêchés de déménager ailleurs.**

Valami más megakadályozta őket abban, hogy máshová költözzenek.

**Il aurait facilement pu être transporté dans une caisse appropriée.**

Megfelelő dobozban könnyen szállítható lett volna.

**Leur sentiment de désespoir total les a paralysés.**

A teljes reménytelenség érzése visszatartotta őket.

**Ils ne voulaient pas admettre que le malheur les avait frappés.**

Nem akarták beismerni, hogy balszerencse érte őket.

**Ils ont accompli ce que le monde exige des pauvres.**

Amit a világ a szegény emberektől követel, azt ők teljesítették.

**Le père a apporté le petit déjeuner au jeune employé de banque.**

Az apa reggelit hozott a kis banktisztviselőnek.

**La mère s'est sacrifiée pour laver le linge d'inconnus.**

Az anya feláldozta magát idegenek mosott ruhájáért.

**La sœur faisait des allers-retours pour prendre les commandes des clients.**

A nővér ide-oda rohangált a vevők rendeléseiért.

**Mais ils n'avaient tout simplement plus la force d'en faire plus.**

De egyszerűen nem volt erejük többet tenni.

**La blessure dans le dos de Gregor commença à le faire encore plus souffrir.**

Gregor hátán a seb még jobban fájni kezdett.

**Chaque soir, la mère et la sœur amenaient le père au lit.**

Minden este anya és nővére ágyba vitték az apát.

**Ils laissèrent leur travail où il était et s'assirent ensemble.**

Ott hagyták a munkájukat, ahol volt, és együtt ültek.

**Ils se rapprochèrent et s'assirent joue contre joue.**

És közelebb húzódtak egymáshoz, és arccal arcnak ültek.

**La mère désigna la pièce d'où il observait.**

Az anya arra a szobára mutatott, ahonnan a fiú figyelte.

**« Pourriez-vous fermer la porte ? » demanda-t-elle à sa sœur.**

„Becsuknád az ajtót?" – kérdezte a nővértől.

**Et Gregor se retrouva de nouveau seul dans le noir.**

És akkor Gregor ismét egyedül maradt a sötétben.

**Et dans la pièce voisine, la femme mêla leurs larmes.**

A szomszéd szobában pedig a nő könnyeket hullatott.

**Ou bien ils restaient assis, les yeux secs, fixant simplement la table.**

Vagy száraz szemmel ültek, és csak az asztalt bámulták.

**Gregor ne dormait pratiquement pas, ni la nuit ni le jour.**

Gregor alig aludt valamit, sem éjjel, sem nappal.

**Il réfléchissait souvent à la façon dont il pourrait aider sa famille.**

Gyakran gondolt arra, hogyan segíthetne a családon.

**Il songea à gagner à nouveau de l'argent pour eux.**

Arra gondolt, hogy újra megkeresi nekik a pénzt.

**Il songea à faire ce qu'il faisait autrefois pour eux.**

Arra gondolt, hogy megteszi értük azt, amit régen szokott.

**Le représentant autorisé lui revint dans ses pensées.**

Gondolataiban visszatért a meghatalmazott képviselő.

**Et cette fois, le patron est également venu à l'appartement.**

És ezúttal a főnök is bejött a lakásba.

**Et les commis et les apprentis étaient là aussi.**

És a hivatalnokok és a tanoncok is ott voltak.
**Même le domestique un peu simplet est venu le voir.**
Még a lassú észjárású irodai szolgáló is meglátogatta.
**Il y avait deux ou trois amis d'autres entreprises.**
Volt két-három barátom más vállalkozásokból.
**Une des femmes de chambre d'un hôtel de province.**
Egy vidéki szálloda egyik szobalánya.
**Un souvenir précieux et fugace auquel il s'efforçait de s'accrocher.**
Egy kedves és múlandó emlék, amihez próbált ragaszkodni.
**Une caissière d'une chapellerie pour laquelle il avait des intentions.**
Egy kalapbolt pénztárosa, akivel kapcsolatban szándékai voltak.
**Mais il avait été un peu trop lent à obtenir son approbation.**
De egy kicsit túl lassú volt ahhoz, hogy elnyerje a tetszését.
**Ils lui apparurent tous, mêlés à des inconnus.**
Mindannyian megjelentek a gondolataiban, idegenekkel keveredve.
**Et d'autres n'apparurent pas ; ils étaient déjà oubliés.**
És mások nem jelentek meg; már elfeledkeztek róluk.
**Mais ils ne l'ont pas aidé, ni lui, ni sa famille.**
De nem segítettek neki, és a családnak sem.
**Ils étaient inaccessibles, et il était content quand ils sont partis.**
Elérhetetlenek voltak, és örült, amikor eltűntek.
**Il n'était pas toujours d'humeur à se soucier de sa famille.**
Nem mindig volt kedve aggódni a család miatt.
**Et il était rempli de rage à cause de ce manque d'attention.**
És düh töltötte el a figyelem hiánya miatt.
**Et il ne pouvait imaginer rien qui puisse lui faire envie.**
És el sem tudott képzelni semmi olyat, amihez étvágya lett volna.
**Mais il avait tout de même prévu de cambrioler le garde-manger.**
De azért terveket szőtt a kamra betörésére.
**Et il allait prendre tout ce qui lui était dû.**

És mindent el akart venni, amit megérdemelt.

**Sa sœur ne faisait plus aucun effort particulier pour lui.**

A nővér már nem tett különösebb erőfeszítéseket érte.

**Elle ne consacrait plus de temps à chercher à lui plaire.**

Már nem gondolt arra, hogy örömet szerezzen neki.

**Avant d'aller travailler, elle a rapidement glissé de la nourriture dans la pièce.**

Munka előtt gyorsan betolt valami ételt a szobába.

**Et le soir venu, elle a rapidement ramassé les restes.**

És este gyorsan újra felsöpörte az ételt.

**Elle ne faisait plus attention à savoir s'il avait mangé ou non.**

Hogy evett-e vagy sem, már nem vette észre.

**Le plus souvent, la nourriture restait intacte.**

Mostanában az étel többnyire érintetlenül maradt.

**Elle continuait de traverser la pièce rapidement le soir.**

Este még mindig gyorsan végigsöpört a szobán.

**Mais maintenant, elle se contentait du strict minimum, aussi vite que possible.**

De most a legszükségesebbet tette, a lehető leggyorsabban.

**Des traînées de saleté jonchaient les murs.**

A falakon koszcsíkok húzódtak.

**Des boules de poussière et de détritus jonchaient le sol.**

Por- és szemétgolyók hevertek a padlón.

**Gregor manifesta son désapprobation face à son manque d'attention.**

Gregor rosszallását fejezte ki a nő gondatlansága miatt.

**Il se tourna selon un angle particulièrement significatif.**

Különösen jelentős szögben fordult el.

**Mais il aurait pu rester à ce poste pendant des semaines.**

De hetekig is maradhatott volna ebben a pozícióban.

**Sa sœur n'aurait pas remarqué son mécontentement.**

A húga észre sem vette volna az elégedetlenségét.

**Elle voyait la saleté aussi bien que lui, voire mieux.**

Éppoly jól látta a földet, mint a férfi, ha nem jobban.

**Mais elle avait décidé de laisser la saleté où elle était.**

De úgy döntött, ott hagyja a földet, ahol van.

À cette époque, elle a développé une sensibilité totalement nouvelle.

Abban az időben teljesen új érzékenységet sajátított el.

Elle s'était donné pour mission de nettoyer la chambre de Gregor.

Gregor szobájának takarítását a saját felelősségévé tette.

La famille a été touchée par sa gentillesse et sa prévenance.

A családot meghatotta a kedves figyelmessége.

Une fois, sa mère avait nettoyé sa chambre de fond en comble.

Egyszer az anya alaposan kitakarította a szobáját.

Ce n'est qu'après avoir utilisé plusieurs seaux d'eau qu'elle a réussi.

Csak néhány vödör víz felhasználása után sikerült neki.

Cependant, l'humidité nouvelle dans la pièce a nui à Gregor.

A szobában lévő új nedvesség azonban ártott Gregornak.

Et il gisait, étendu de tout son long, amer et immobile sur le canapé.

És szélesen, keserűen és mozdulatlanul feküdt a kanapén.

Mais ce n'était que sa première punition pour avoir aidé.

De ez csak az első büntetése volt a segítségnyújtásért.

La sœur remarqua rapidement le changement dans la chambre de Gregor.

A nővér gyorsan észrevette a változást Gregor szobájában.

Et elle s'est précipitée dans le salon, extrêmement insultée.

És berohant a nappaliba, rendkívül sértődötten.

Sa mère leva les mains et tenta de la supplier.

Az anyja felemelte a kezét, és könyörögni próbált neki.

Mais malgré une explication sincère, elle a éclaté en sanglots.

De az őszinte magyarázat ellenére sírva fakadt.

Le père, bien sûr, sursauta et se leva de sa chaise.

Az apa természetesen megriadva pattant fel a székéből.

Et les deux parents regardaient, stupéfaits et impuissants.

A két szülő pedig döbbenten és tehetetlenül nézte.

Et finalement, leurs émotions s'agitèrent elles aussi.

És végül az érzelmeik is feszültté váltak.

**Le père a reproché à la mère ce qu'elle avait fait.**

Az apa szemrehányást tett az anyának a tetteiért.

**« Tu aurais dû laisser la chambre à Grete pour qu'elle la nettoie. »**

„Ki kellett volna hagynod a szobát, hogy Grete takaríthasson."

**Grete a crié sur sa mère parce qu'elle avait nettoyé sa chambre.**

Grete ráordított az anyjára, amiért kitakarította a szobáját.

**«Tu n'as plus jamais le droit de nettoyer sa chambre !»**

"Soha többé nem takaríthatod ki a szobáját!"

**La mère a essayé d'entraîner le père dans la chambre.**

Az anya megpróbálta berángatni az apát a hálószobába.

**La sœur resta seule dans la pièce, tremblante et sanglotant.**

A nővért remegve és zokogás közben hagyták a szobában.

**Et elle frappa la table avec ses petits poings.**

És kis ökleivel az asztalra csapott.

**Et Gregor siffla bruyamment de colère contre eux tous.**

Gregor pedig hangosan sziszegett dühében mindannyiukra.

**Pourquoi personne n'avait-il pensé à lui fermer la porte ?**

Miért nem jutott senkinek eszébe becsukni előtte az ajtót?

**Ils auraient pu lui épargner ce spectacle et ce bruit.**

Megkímélhették volna ettől a látványtól és zajtól.

**Sa sœur était épuisée après être rentrée du travail.**

A nővér kimerült volt, miután hazaért a munkából.

**Et s'occuper de Gregor représentait encore plus de travail pour elle.**

Gregorról való gondoskodás pedig még több munkát jelentett számára.

**Mais cela ne signifie pas que la mère aurait dû le faire.**

De ez nem jelentette azt, hogy az anyának kellett volna megtennie.

**Gregor, en revanche, ne doit pas être négligé.**

Gregort viszont nem szabad elhanyagolni.

**Mais maintenant, ils avaient une nouvelle bonne qui pouvait faire ce genre de choses.**

De most volt egy új szobalányuk, aki ilyesmit meg tudott csinálni.

**Une veuve âgée à la charpente osseuse robuste.**
Egy idős özvegy, akinek robusztus csontozata volt.
**Une stature qui l'a aidée à survivre à sa vie difficile.**
Egy olyan kisugárzás, ami segített neki túlélni a nehéz életet.
**L'apparence de Gregor ne lui déplaisait pas vraiment.**
Nem igazán ellenszenvvel viseltetett Gregor külseje iránt.
**Elle avait ouvert la porte de la chambre de Gregor par inadvertance.**
Véletlenül kinyitotta Gregor szobájának ajtaját.
**Ce n'était pas par curiosité particulière à propos de la pièce.**
Nem a szoba iránti különösebb kíváncsiságból fakadt.
**Elle faisait simplement son travail et a ouvert la porte par hasard.**
Csak a dolgát végezte, és véletlenül kinyitotta az ajtót.
**Gregor, bien sûr, fut complètement surpris par elle.**
Gregort természetesen teljesen meglepte a lány.
**Il n'était pas poursuivi, mais il courait d'avant en arrière.**
Nem üldözték, de ide-oda szaladgált.
**Elle croisa simplement les bras et le regarda ramper.**
És csak keresztbe fonta a karját, és nézte, ahogy mászik.
**Depuis lors, elle lui entrouvrait toujours un peu la porte.**
Azóta mindig kinyitotta neki egy kicsit az ajtót.
**Un matin, elle a jeté un coup d'œil pour voir comment il allait.**
Egyszer reggel benézett, hogy megnézze, hogy van.
**Et le soir, elle est allée prendre de ses nouvelles avant de partir.**
És este, mielőtt elment, megnézte, hogy van-e.
**Au début, elle a aussi essayé de l'appeler pour qu'il vienne la rejoindre.**
Először megpróbálta őt is hívni, hogy jöjjön el hozzá.
**« Viens par ici, vieux bousier ! » disait-elle.**
„Gyere ide, vén ganajtúró bogár!" – szokta mondogatni.
**Ou bien elle disait, amicalement : « Regardez ce vieux bousier ! »**
Vagy azt mondta barátságosan: „Nézd csak a vén ganajtúró bogarat!".

Gregor n'a jamais réagi lorsqu'on lui parlait de cette façon.

Gregor soha nem reagált, ha így beszéltek vele.

**Il resta là, immobile, et l'ignora.**

Ott maradt, mozdulatlanul, és tudomást sem vett róla.

**« Si seulement on lui avait expliqué comment faire correctement son travail. »**

„Bárcsak megmondták volna neki, hogyan kell rendesen elvégezni a munkáját."

**« Au lieu de me déranger, elle devrait nettoyer ma chambre. »**

„Ahelyett, hogy zavarna, inkább takarítsa ki a szobámat."

**Tôt le matin, une forte pluie a frappé les fenêtres.**

Egyszer kora reggel heves eső csapódott az ablakoknak.

**Peut-être la pluie était-elle déjà un signe du printemps à venir.**

Talán az eső már a közeledő tavasz előjele volt.

**La bonne recommença à lui parler de cette façon.**

A szobalány megint így kezdett beszélni hozzá.

**Gregor était tellement amer qu'il se tourna vers elle.**

Gregor annyira elkeseredett volt, hogy szembefordult a nővel.

**Il était lent et infirme, mais c'était une sorte d'attaque.**

Lassú és gyenge volt, de ez egyfajta támadás volt.

**La bonne, en revanche, n'avait absolument pas peur de Gregor.**

A szobalány azonban egyáltalán nem félt Gregortól.

**Au lieu de cela, elle souleva une chaise qui se trouvait près de la porte.**

Ehelyett felemelt egy széket, ami az ajtó közelében volt.

**Et elle resta là, calmement, la bouche grande ouverte.**

És ott állt, nyugodtan, tátott szájjal.

**Ses intentions étaient claires, même Gregor pouvait le voir.**

A szándékai világosak voltak, ezt még Gregor is látta.

**Et il se retourna lentement pour reprendre sa position initiale.**

És lassan visszafordult, visszavette eredeti helyét.

**« Donc vous ne voulez pas vous approcher davantage, n'est-ce pas ? »**

– Szóval akkor nem akarsz közelebb jönni, ugye?
**Et elle remit discrètement la chaise dans le coin.**
És csendben visszatette a széket a sarokba.


**Gregor ne mangeait presque plus rien.**
Gregor már alig evett valamit.
**Parfois, lors de ses promenades dans la pièce, il s'arrêtait.**
Néha, miközben a szobában sétált, megállt.
**Et il se retrouva à côté du repas qui lui avait été préparé.**
És ott találta magát a neki elkészített étel mellett.
**Il mit la nourriture dans sa bouche, mais seulement pour jouer avec.**
A szájába vette az ételt, de csak azért, hogy játsszon vele.
**Et bien souvent, il le recrachait quelques heures plus tard.**
És elég gyakran néhány óra múlva újra kiköpte.
**Il essaya de trouver une raison à son manque d'appétit.**
Megpróbált okot találni az étvágytalanságára.
**Peut-être parce qu'il était triste de l'état de sa chambre.**
Talán azért, mert szomorú volt a szobája állapota miatt.
**Mais il s'était fait à l'idée des changements survenus dans la pièce.**
De már megbékélt a szobában bekövetkezett változásokkal.
**Récemment, sa chambre était devenue une sorte de débarras.**
Az utóbbi időben a szobája egyfajta raktárként szolgált.
**Ils avaient pris l'habitude de laisser des choses là.**
Szokásukká vált, hogy ott hagyják a dolgaikat.
**Et il restait maintenant beaucoup de choses de ce genre dans sa chambre.**
És most már sok ehhez hasonló dolog maradt a szobájában.
**Parce qu'une chambre de l'appartement avait été louée.**
Mivel a lakás egyik szobáját kiadták.
**Trois messieurs sérieux louaient la chambre ensemble.**
Három komoly úriember bérelte együtt a szobát.
**Gregor les avait aperçus un jour à travers une fente dans la porte.**
Gregor egyszer csak észrevette őket az ajtó repedésén keresztül.

**Ils portaient des barbes fournies et étaient habillés avec un soin méticuleux.**

Teljes szakálluk volt, és gondosan voltak öltözve.

**Ils étaient scrupuleux quant à la propreté des lieux.**

Gondosan ügyeltek arra, hogy minden rendben legyen.

**Leur obsession pour la propreté ne s'arrêtait pas à leur chambre.**

A rend iránti ragaszkodásuk nem állt meg a szobájuknál.

**L'appartement entier devait être maintenu d'une propreté impeccable.**

Az egész lakást tökéletesen tisztán kellett tartani.

**Ils étaient encore plus pointilleux sur l'apparence de la cuisine.**

Még jobban odafigyeltek a konyha kinézetére.

**Et ils ne supportaient aucun encombrement inutile.**

És nem tűrhettek el semmilyen felesleges rendetlenséget.

**Ils avaient également apporté leurs propres meubles.**

Magukkal hozták a saját bútoraikat is.

**C'est pourquoi beaucoup de choses étaient devenues superflues.**

Emiatt sok minden feleslegessé vált.

**C'étaient des choses pour lesquelles personne n'aurait payé.**

Olyan dolgok voltak ezek, amikért senki sem fizetne pénzt.

**Mais la famille ne voulait pas non plus se débarrasser de ces objets.**

De a család ezeket a dolgokat sem akarta eldobni.

**Tous ces objets ont fini quelque part dans la chambre de Gregor.**

Mindezek a dolgok valahova Gregor szobájába kerültek.

**Le cendrier de la cuisine se trouvait désormais dans sa chambre.**

A konyhából származó hamuládát most a szobájában tartotta.

**Et les ordures étaient entreposées dans sa chambre jusqu'au jour de la collecte.**

És a szemetet a szobájában tartották a szemétszállítás napjáig.

**La bonne a jeté dans sa chambre tout ce dont elle n'avait pas besoin.**

A szobalány mindent bedobált a szobájába, amire nem volt szüksége.

**Heureusement, il n'a vu que la main et l'objet.**

Szerencsére nem látott többet a kéznél és a tárgynál.

**Elle comptait probablement revenir chercher les affaires plus tard.**

Valószínűleg később akart visszajönni a holmikért.

**Ou peut-être voulait-elle tout jeter d'un coup.**

Vagy talán egyszerre akart mindent eldobni.

**Cependant, tout est resté là où il s'était initialement posé.**

Azonban minden ott maradt, ahol először volt.

**À moins que Gregor n'ait déplacé les débris en se faufilant à travers.**

Hacsak Gregor nem mozdította el a kacatokat úgy, hogy átfurakodott rajta.

**Au début, il a été obligé de ramper à travers tous les détritus.**

Először kénytelen volt átmászni az összes szeméten.

**Il lui était impossible d'éviter cela.**

Nem volt lehetősége elkerülni ezt.

**Mais plus tard, il a finalement trouvé du plaisir dans cette activité.**

De később igazán örömét lelte ebben a tevékenységben.

**Bien que ces efforts l'aient laissé triste et profondément fatigué.**

Bár az ilyen erőfeszítések elszomorították és mélyen elfárasztották.

**Et ensuite, il est resté incapable de bouger pendant de nombreuses heures.**

És utána órákig képtelen volt mozdulni.

**Les locataires prenaient parfois leurs repas dans le salon.**

A lakók néha a nappaliban étkeztek.

**La porte du salon restait fermée ces soirs-là.**

A nappali ajtaja zárva maradt azokon az estéken.

**Mais Gregor n'avait aucune difficulté à ne pas ouvrir la porte à présent.**

De Gregornak most már nem okozott nehézséget, hogy ne nyissa ki az ajtót.

**Même lorsque la porte était ouverte, il ne regardait pas toujours dehors.**

Még akkor sem nézett ki mindig, amikor nyitva volt az ajtó.

**Mais il s'allongea dans le coin le plus sombre de la pièce.**

De a szoba legsötétebb sarkába vetette magát.

**La famille n'a pas non plus remarqué son manque d'attention.**

A család sem vette észre a figyelmetlenségét.

**Mais une fois, la bonne a laissé la porte ouverte.**

De egyszer előfordult, hogy a szobalány nyitva hagyta az ajtót.

**La porte est restée ouverte même au retour des locataires.**

Az ajtó még akkor is nyitva maradt, amikor a lakók visszatértek.

**Et la porte était ouverte quand la lumière a été allumée.**

És az ajtó nyitva volt, amikor felkapcsolták a villanyt.

**L'homme était assis à la table où la famille dînait.**

A férfi leült az asztalhoz, ahol a család vacsorázott.

**Autrefois, père, mère et Gregor étaient assis là.**

Apa, anya és Gregor ültek ott régebben.

**Ils déplièrent les serviettes et prirent des couteaux et des fourchettes.**

Kihajtogatták a szalvétákat, és fogtak késeket és villákat.

**La mère apparut sur le seuil avec un bol de viande.**

Az anya egy tál hússal kezében megjelent az ajtóban.

**Puis sa sœur est entrée avec un bol plein de pommes de terre.**

Aztán bejött a nővér egy tál krumplival.

**Les locataires se penchèrent sur les bols placés devant eux.**

A szállásolók az eléjük helyezett tálak fölé hajoltak.

**L'épaisse fumée des aliments leur montait jusqu'au nez.**

Az étel nehéz füstje az orrukig szállt.

**Mais ils n'avaient pas encore décidé s'ils allaient manger.**

De még nem döntötték el, hogy megeszik-e az ételt.

**Peut-être renverraient-ils le plat en cuisine.**

Talán visszaküldik az ételt a konyhába.

**L'homme assis au milieu semblait être l'autorité.**

A középen ülő férfi látszólag a tekintély volt.

**Il a coupé la viande pour déterminer si elle était suffisamment tendre.**
Felvágta a húst, hogy megállapítsa, elég puha-e.
**Il était satisfait de l'odeur et de l'apparence des aliments.**
Elégedett volt az étel illatával és kinézetével.
**La mère et la sœur les observaient avec anxiété.**
Az anya és a nővér aggódva figyelték őket.
**Et ils commencèrent à sourire, poussant un soupir de soulagement accumulé.**
És felgyülemlett megkönnyebbüléssel sóhajtottak mosolyogva.
**La famille allait elle-même manger dans la cuisine.**
A család maga a konyhában készült enni.
**Mais avant cela, le père alla voir comment allaient les locataires.**
De először az apa elment megnézni a lakókat.
**Il s'inclina une fois, tenant sa casquette de travail à la main.**
Meghajolt egyszer, kezében a munkából kapott sapkáját tartva.
**Et il fit le tour de la table, saluant chaque invité.**
És körbejárta az asztalt, minden vendéghez
**Les locataires se levèrent tous en marmonnant dans leur barbe.**
A lakók mind felálltak, és a szakállukba motyogtak.
**Après son départ, ils mangèrent dans un silence presque complet.**
Miután elment, szinte teljes csendben ettek.
**Gregor trouvait étrange d'entendre des bruits de mastication.**
Gregornak furcsának tűnt, hogy rágást hall.
**Aucun autre aspect du repas ne semblait produire le moindre son.**
Az evésnek semmi más aspektusa nem tűnt hangtalannak.
**Mais il pouvait distinctement entendre des dents grincer.**
De tisztán hallotta a fogcsikorgatást.
**Ils semblaient lui dire qu'il avait besoin de dents pour manger.**
Mintha azt mondták volna neki, hogy fogakra van szüksége az evéshez.

« On ne peut rien faire si on n'a plus de dents dans la mâchoire. »

"Semmit sem tehetsz, ha fogatlan az állkapcsod."

« J'aimerais manger quelque chose », dit Gregor avec anxiété.

– Szeretnék enni valamit – mondta Gregor aggódva.

« Mais je n'ai aucun appétit pour ce que vous mangez tous. »

„De semmi étvágyam ahhoz, amit ti mindannyian esztek."

« Regardez ces locataires manger, et moi je meurs de faim. »

„Nézd, ezek a lakók esznek, én meg itt halok éhen."

Ce soir-là, Gregor pensait justement au violon.

Gregornak aznap este történetesen a hegedű jutott eszébe.

Il n'avait plus entendu le violon depuis la transformation.

Az átalakulás óta nem hallotta a hegedűt.

Mais ce soir-là, un bruit est venu de la cuisine.

De aztán, ezen az estén, egy hang hallatszott a konyhából.

Les messieurs avaient déjà terminé leur repas du soir.

Az urak már befejezték a vacsorájukat.

L'homme du milieu avait commencé à lire un journal.

A középső úr újságot kezdett olvasni.

Il avait donné une feuille à chacun des deux autres messieurs.

A másik két úriembernek adott egy-egy lepedőt.

Et maintenant, ils étaient affalés en arrière, en train de lire et de fumer.

És most hátradőltek, olvastak és dohányoztak.

Lorsque le violon commença à jouer, ils devinrent attentifs.

Amikor a hegedű megszólalt, figyelmesek lettek.

Ils se levèrent et marchèrent sur la pointe des pieds jusqu'à la porte de l'antichambre.

Felálltak, és lábujjhegyen az előszoba ajtajához sétáltak.

Ils se tenaient là, blottis les uns contre les autres, écoutant à la porte.

Itt álltak egymáshoz bújva, és az ajtóban hallgatóztak.

La famille a dû entendre les hommes qui étaient dans la cuisine.

A családnak biztosan hallotta a férfiakat a konyhából.

Car le père les appela et leur demanda :
Mert az apa odakiáltott nekik, és megkérdezte tőlük;
« Le violon ne serait-il pas inconfortable pour ces messieurs ? »
„Talán kényelmetlen az uraknak a hegedű?"
« Si la musique ne vous plaît pas, on peut s'arrêter immédiatement. »
"Ha nem tetszik a zene, azonnal abbahagyhatjuk."
« Au contraire », dit celui du milieu des messieurs.
– Épp ellenkezőleg – mondta az urak közül a középső.
« La jeune fille aimerait-elle jouer du violon dans notre chambre ? »
„Szeretne a kisasszony hegedülni a szobánkban?"
« C'est nettement plus confortable et chaleureux ici. »
„Határozottan sokkal kényelmesebb és otthonosabb itt."
Le père répondit comme s'il était lui-même le violoniste.
Az apa úgy válaszolt, mintha ő maga lenne a hegedűs.
« Oh, je vous en prie, ce serait merveilleux », s'écria le père.
– Ó, kérlek, az csodálatos lenne! – kiáltotta az apa.
Les messieurs retournèrent au salon et attendirent.
Az urak visszatértek a nappaliba és vártak.
Peu après, le père entra dans la pièce avec le pupitre.
Hamarosan bejött az apa a szobába a kottatartóval.
La mère entra dans la pièce avec le livre de musique.
Az anya bejött a szobába a kottával.
Et la sœur entra dans la pièce avec le violon.
És a nővér bejött a szobába a hegedűvel.
Elle a calmement tout préparé pour jouer du violon.
Nyugodtan mindent előkészített a hegedüléshez.
Les parents exagéraient leur politesse et leurs bonnes manières.
A szülők eltúlozták az udvariasságukat és a modorukat.
Ils n'avaient jamais loué de chambres à des locataires auparavant.
Korábban soha nem adtak bérbe szobákat albérlőknek.
Et ils n'osaient même pas s'asseoir sur leurs propres chaises.
És még a saját székükre sem mertek leülni.

**Au lieu de s'asseoir, le père s'appuya contre la porte.**

Ahelyett, hogy leült volna, az apa az ajtónak támaszkodott.

**Sa main droite était coincée entre deux boutons de son manteau.**

Jobb keze a kabátja két gombja között volt.

**Un monsieur a toutefois offert une chaise à la mère.**

Az anyának azonban egy úriember széket kínált.

**Mais elle s'assit là où le monsieur avait placé la chaise.**

De oda ült, ahová az úriember a széket tette.

**Et il n'avait pas placé la chaise à un endroit précis.**

És a széket nem helyezte el sehol konkrétan.

**La mère s'assit donc à l'écart de tout le monde, dans un coin.**

Így az anya mindenkitől elkülönítve, egy sarokban ült.

**Et finalement, la sœur s'est mise à jouer du violon.**

És végül a nővér hegedülni kezdett.

**Les parents, placés de part et d'autre, suivaient attentivement.**

A szülők, akik az ellenkező oldalon ültök, feszült figyelemmel figyelték az eseményeket.

**Et ils observaient attentivement chacun des mouvements de sa main.**

És gondosan figyelték a keze minden mozdulatát.

**Gregor était également attiré par le jeu du violon.**

Gregort a hegedűjáték is vonzotta.

**Et il s'aventura un peu plus loin hors de sa chambre.**

És egy kicsit arrébb merészkedett ki a szobájából.

**Il avait déjà la tête dans le salon.**

Már bent volt a nappaliban a fejével.

**Il était très fier d'être très attentionné.**

Régen nagyon büszke volt arra, hogy nagyon figyelmes volt.

**Mais récemment, il ne remettait guère en question son manque d'attention.**

De a közelmúltban alig kérdőjelezte meg a gondatlanságát.

**Même s'il avait maintenant plus de raisons de se cacher qu'auparavant.**

Annak ellenére, hogy most több oka volt a bujkálásra, mint korábban.

**Parce que sa chambre était recouverte de poussière et de saletés diverses.**

Mert a szobája tele volt porral és különféle kosszal.

**Le moindre mouvement soulevait toutes sortes d'immondices.**

A legkisebb mozgás mindenféle mocskot kavart fel.

**Toute cette saleté lui collait à la peau : poussière, cheveux, restes de nourriture.**

Minden kosz ráragadt; por, haj, ételmaradékok.

**Il aurait pu frotter la saleté contre le tapis.**

Ledörzsölhette volna a koszt a szőnyegről.

**C'était quelque chose qu'il faisait plusieurs fois par jour.**

Ezt naponta többször is megtette.

**Mais son indifférence à tout était bien trop grande.**

De a közönye minden iránt túl nagy volt.

**Il n'avait donc pas peur d'aller un peu plus loin.**

Így hát nem félt egy kicsit előrébb lépni.

**Et il s'est installé sur le sol impeccable du salon.**

És a nappali makulátlan padlójára lépett.

**Cependant, personne ne l'a remarqué, ni ne lui a prêté attention.**

Azonban senki sem figyelt rá, senki sem figyelt rá.

**La famille était complètement absorbée par le concert.**

A család teljesen elmerült a koncertben.

**Les messieurs, quant à eux, ont d'abord battu en retraite.**

Az urak viszont kezdetben visszavonultak.

**Et ils se tenaient tout près, derrière le pupitre de la sœur.**

És szorosan a nővér kottaállványa mögött álltak.

**S'ils avaient regardé, ils auraient pu voir les notes de musique.**

Ha odanéztek volna, láthatták volna a kottajegyeket.

**Cela aurait évidemment perturbé la sœur.**

Ez természetesen zavarta volna a nővért.

**Alors, au lieu de s'asseoir, ils restèrent debout près de la fenêtre.**

Aztán az ablaknál álltak, ahelyett, hogy leültek volna.

**Les mains dans les poches, ils continuaient à parler.**

Zsebre dugott kézzel folytatták a beszélgetést.

**Ils restèrent là tandis que le père les observait avec anxiété.**

Ott maradtak, miközben az apa aggódva figyelte őket.

**On avait l'impression qu'ils avaient d'autres attentes.**

Az volt az érzésünk, hogy mások az elvárásaik.

**Et il semblait vraiment qu'ils avaient été déçus.**

És tényleg úgy tűnt, mintha csalódtak volna.

**Il semblait qu'ils en avaient assez du spectacle.**

Úgy tűnt, elegük van a teljesítményből.

**Ils avaient laissé le violon troubler leur tranquillité.**

Hagyták, hogy a hegedű megzavarja a nyugalmukat.

**Et ils ne toléraient la musique que par politesse.**

És csak udvariasságból tűrték a zenét.

**La façon dont ils ont dissipé la fumée était particulièrement troublante.**

Különösen nyugtalanító volt, ahogy elfújták a füstöt.

**Et pourtant, elle jouait du violon avec une telle beauté.**

És mégis olyan szépen hegedült.

**Son visage était légèrement incliné sur le côté, sur le violon.**

Arca finoman oldalra billent, a hegedűn.

**Son regard parcourait tristement les lignes de la musique.**

Szomorúan fürkészte a kotta vonalát.

**Gregor se sentait un peu plus attiré par le salon.**

Gregor úgy érezte, mintha még jobban behúzná a nappali.

**Il gardait la tête près du sol, mais regardait vers le haut.**

A fejét a földhöz szorította, de felfelé nézett.

**Peut-être que de cette façon, le regard de sa sœur croiserait le sien.**

Talán így a húga tekintete találkozhat az övével.

**Peut-on vraiment dire qu'il n'était qu'un animal ?**

Tényleg azt lehet mondani, hogy csak egy állat volt?

**Était-il un animal si la musique pouvait le captiver à ce point ?**

Vajon állat volt, ha a zene ennyire lenyűgözte?

**Il avait l'impression qu'on lui montrait un chemin vers une nourriture inconnue.**

Úgy érezte, mintha egy ismeretlen táplálékhoz vezető utat mutattak volna meg neki.

**C'était peut-être là le réconfort qui lui manquait.**

Talán ez volt az a táplálék, ami hiányzott neki.

**Il était déterminé à rejoindre sa sœur.**

Elhatározta, hogy elindul a húga felé.

**Il avait envie de tirer sur sa jupe pour attirer son attention.**

Meg akarta húzni a szoknyáját, hogy felhívja magára a figyelmét.

**Il voulait lui faire comprendre qu'il l'invitait.**

Jelezni akarta neki egy meghívás lehetőségét.

**« Viens jouer du violon dans ma chambre », aurait-il voulu dire.**

„Gyere, hegedülj a szobámban!" – akarta mondani.

**Il souhaitait qu'elle soit récompensée pour sa magnifique musique.**

Azt akarta, hogy jutalmat kapjon a gyönyörű zenéjéért.

**« Personne ici ne te récompense pour jouer du violon. »**

„Senki sem jutalmaz itt azért, mert hegedülsz."

**Il ne voulait plus la laisser sortir de sa chambre.**

Többé nem akarta kiengedni a szobájából.

**Il voulait qu'elle reste avec lui aussi longtemps qu'il vivrait.**

Azt akarta, hogy amíg él, vele maradjon.

**Pour la première fois, sa transformation eut un avantage.**

Átalakulása most először hozott magával előnyöket.

**Sa difformité allait enfin lui être utile.**

A torzszülöttsége végre hasznára válik.

**Il voulait être présent simultanément aux quatre portes.**

Egyszerre akart mind a négy ajtónál lenni.

**Il avait envie de les siffler et de leur cracher dessus de tous les côtés.**

Sziszegni és minden szögből rájuk köpni akart.

**Sa sœur ne devrait pas être forcée de rester avec lui.**

A húgát nem szabad arra kényszeríteni, hogy vele maradjon.

**Il voulait qu'elle choisisse volontairement de rester avec lui.**

Azt akarta, hogy a nő önként döntsön úgy, hogy vele marad.

**Elle allait s'asseoir à côté de lui et se pencher vers lui.**

Leült mellé, és lehajolt hozzá.
**Et il allait lui parler de l'école de musique.**
És mesélni fog neki a zeneiskoláról.
**Il avait la ferme intention de l'envoyer à l'académie.**
Határozott szándéka volt, hogy elküldi az akadémiára.
**Il en aurait parlé à tout le monde à Noël dernier.**
Mindenkinek mesélt volna erről a múlt karácsonykor.
**Noël était-il déjà passé ?**
Tényleg eljött és elmúlt már megint a karácsony?
**Et il n'aurait laissé personne le dissuader.**
És nem hagyta volna, hogy bárki lebeszélje erről.
**Mais un accident malheureux a tout arrêté.**
Aztán egy szerencsétlen baleset mindent félbeszakított.
**La sœur aurait été submergée par l'émotion.**
A nővért biztosan elöntötték volna az érzelmek.
**Et Gregor aurait alors grimpé jusqu'à son épaule.**
És akkor Gregor felmászott volna a vállára.
**Et il l'aurait réconfortée en l'embrassant dans le cou.**
És azzal vigasztalta volna, hogy megcsókolta volna a nyakát.
**« Monsieur Samsa ! » appela l'homme au milieu au père.**
„Samsa úr!" – kiáltotta a középső férfi az apának.
**Il pointait Gregor du doigt.**
Mutatóujjával lefelé mutatott Gregorra.
**Gregor traversait lentement le salon.**
Gregor lassan átsétált a nappali padlóján.
**Le jeu du violon s'est très vite tu.**
A hegedűjáték nagyon gyorsan elhallgatott.
**Celui du milieu sourit à ses amis.**
A három férfi közül a középső a barátaira mosolygott.
**Puis il secoua la tête et regarda Gregor.**
Aztán megrázta a fejét, és visszanézett Gregorra.
**Le père aurait pu forcer Gregor à retourner dans sa chambre.**
Az apa visszakényszeríthette volna Gregort a szobájába.
**Mais ce n'était pas la première action qu'il décida
d'entreprendre.**
De nem ez volt az első lépés, amire elhatározta magát.
**Il estimait qu'il était plus important de calmer ces messieurs.**

Fontosabbnak tartotta az urak megnyugtatását.

**Bien qu'ils ne fussent pas vraiment contrariés par Gregor.**

Bár Gregor igazából egyáltalán nem haragudott rájuk.

**Gregor semblait plus divertissant que le jeu de violon.**

Gregor szórakoztatóbbnak tűnt, mint a hegedűjáték.

**Il s'est précipité vers eux, les bras tendus.**

Kinyújtott karokkal rohant oda hozzájuk.

**Il faisait de son mieux pour leur cacher la vue de Gregor.**

Minden erejével azon volt, hogy eltakarja a nézőpontjukat Gregorról.

**Et il a essayé de les faire retourner dans leur chambre.**

És megpróbálta őket visszacsábítani a szobájukba.

**Au contraire, cela les a un peu agacés.**

Ha valami, ez inkább egy kicsit bosszantotta őket.

**Mais il était difficile de dire exactement ce qui les agaçait.**

De nehéz volt megmondani, hogy pontosan mi bosszantotta őket.

**Le père gâchait le divertissement de la soirée.**

Az apa elrontotta az este szórakozását.

**Mais ils venaient aussi d'apprendre l'existence de leur nouveau colocataire.**

De épp akkor hallottak az új lakótársukról is.

**Ils levèrent les mains comme l'avait fait leur père.**

Felemelték a kezüket, ahogy az apa tette.

**Ils ont exigé une explication immédiate du père.**

Azonnali magyarázatot követeltek az apától.

**Ils tiraient nerveusement sur leur barbe, cherchant une réponse.**

Nyugtalanul rángatták a szakállukat válaszra várva.

**Et ils reculèrent jusqu'à leur chambre, mais très lentement.**

És hátrafelé indultak a szobájuk felé, de nagyon lassan.

**L'interruption avait plongé la sœur dans une sorte de transe.**

A félbeszakítás transzba taszította a nővért.

**Elle laissa pendre le violon et l'archet le long de son corps.**

Hagyta, hogy a hegedű és a vonó lelógjon maga mellett.

**Et elle regarda la partition comme si elle jouait encore.**

És úgy nézett a kottára, mintha még mindig játszana.

**Mais soudain, elle est revenue dans la pièce.**

De aztán hirtelen visszahúzta magát a szobába.

**Et elle avait désormais surmonté le sentiment d'être perdue.**

És most már legyőzte az elveszettség érzését.

**Elle a posé l'instrument de musique sur les genoux de sa mère.**

A hangszert az anyja ölébe tette.

**La mère était assise sur la chaise, respirant bruyamment.**

Az anya a székben ült, és nehezen vette a levegőt.

**Et puis la sœur a dû courir dans la pièce voisine.**

És akkor a nővérnek át kellett szaladnia a szomszéd szobába.

**Elle devait tout préparer pour les messieurs.**

Mindent elő kellett készítenie az uraknak.

**Elle a jeté les couvertures et les coussins en l'air.**

A levegőbe dobta a takarókat és párnákat.

**Et de ses mains expertes, elle a disposé toute la literie.**

És ügyes kezeivel elrendezte az ágyneműt.

**Elle avait terminé avant que les messieurs n'atteignent la pièce.**

Még mielőtt az urak a szobába értek volna, végzett.

**Et elle s'est éclipsée avant de les gêner.**

És kisurrant, mielőtt útjukba került volna.

**Le père semblait prisonnier de son propre entêtement.**

Az apát mintha a saját makacssága ragadta volna magával.

**Et il oublia ainsi tout le respect qu'il devait à ses locataires.**

És így megfeledkezett minden tiszteletről, amivel a bérlőinek tartozott.

**Il a insisté sans relâche jusqu'à ce que leur porte-parole s'y oppose.**

Addig lökdösődött és lökdösődött, amíg a szóvivőjük tiltakozott.

**Il a tapé du pied avec colère en arrivant à la porte.**

Dühösen toppantott a lábával, amikor az ajtóhoz ért.

**Et c'est ainsi qu'il immobilisa le père.**

És ezzel megállította az apát.

**« Par la présente, je déclare », commença-t-il en s'adressant à son propriétaire.**

– Ezennel kijelentem – kezdte a házigazdájához fordulva.

**Et il leva la main, regardant toute la famille.**

És felemelte a kezét, végignézve az egész családon.

**« En ce qui concerne l'état répugnant de la chambre ; »**

„Ami a szoba undorító körülményeit illeti;"

**Et il s'assurait que tous écoutaient ses paroles.**

És gondoskodott róla, hogy mindenki hallja a szavait.

**« Par la présente, je vous informe que je vais libérer ma chambre. »**

„Ezennel értesítem, hogy elhagyom a szobámat."

**Et il a appuyé son propos en crachant par terre.**

És azzal is megerősítette mondanivalóját, hogy a földre köpött.

**« Je ne paierai pas non plus pour les jours que j'ai passés ici. »**

„És azokért a napokért sem fogok fizetni, amiket itt töltöttem."

**Il n'était cependant pas entièrement satisfait de ce remboursement.**

Azonban nem volt teljesen elégedett ezzel a visszatérítéssel.

**« Et j'envisagerai de formuler d'autres demandes à votre encontre. »**

„És megfontolom, hogy más követeléseket is támasztok majd veled szemben."

**« Croyez-moi, de telles demandes seront très faciles à justifier. »**

„Higgyék el, az ilyen követeléseket nagyon könnyű lesz igazolni."

**Il resta silencieux et regarda droit devant lui, vers son père.**

Csendben volt, és egyenesen az apjára nézett.

**Il semblait s'attendre à ce qu'il se passe quelque chose de plus.**

Úgy tűnt, valami többre számított.

**En fait, ses deux amis ont immédiatement eu la même idée.**

Sőt, két barátjának is azonnal ugyanez az ötlete támadt.

**« Nous annulons également nos réservations de chambres », ont-ils déclaré à l'unisson.**

„Mi is lemondjuk a szobáinkat." – mondták kórusban.

**Il a alors saisi la poignée de la porte et l'a fermée.**

Aztán megragadta a kilincset és becsukta az ajtót.

**Et dans un grand fracas, ils s'enfermèrent dans leur chambre.**

És hangos csattanással bezárkóztak a szobájukba.

**Le père s'est dirigé en titubant vers sa chaise, les mains tâtonnantes.**

Az apa tapogatózó kézzel tántorgott a székéhez.

**Et il se laissa tomber sur la chaise, vaincu.**

És hagyta, hogy legyőzötten a székbe zuhanjon.

**On aurait dit qu'il allait faire sa sieste habituelle du soir.**

Úgy tűnt, mintha a szokásos esti szunyókálásához készülne.

**Mais sa tête hocha presque comme si elle n'était pas soutenue.**

De a feje úgy bólintott, mintha nem is lenne alátét.

**Et on pouvait voir qu'il ne dormait pas du tout.**

És látható volt, hogy egyáltalán nem aludt.

**Durant tout ce temps, Gregor n'avait pas bougé de sa place.**

Gregor mindez idő alatt meg sem moccant a helyéről.

**Il était toujours là où les messieurs l'avaient aperçu pour la première fois.**

Még mindig ott volt, ahol az urak először látták.

**Même s'il avait voulu déménager, il trouvait cela impossible.**

Még ha mozdulni is akart volna, lehetetlennek találta.

**À cause de sa déception, ou à cause de sa faim.**

A csalódása miatt, vagy az éhsége miatt.

**Il était déçu par l'échec de son plan.**

Csalódott volt a terve kudarca miatt.

**Et il était affaibli par la faim persistante qu'il ressentait.**

És legyengült a hosszan tartó éhségtől.

**Il était certain que tout le monde se retournerait contre lui à tout moment.**

Biztos volt benne, hogy bármelyik pillanatban mindenki ellene fordulna.

**C'est avec cette certitude d'un effondrement imminent qu'il attendit.**

Ezzel a közvetlen összeomlás reményével várt.

**Le violon commença à glisser des genoux de sa mère.**

A hegedű lecsúszni kezdett az anya öléből.

**Dans un fracas retentissant, le violon tomba au sol.**

A hegedű visszhangzó csattanással a földre hullott.

**Mais même ce bruit soudain et fracassant ne l'a pas surpris.**

De még ez a hirtelen csattanó hang sem riasztotta meg.

**« Chers parents, dit la sœur, cela ne peut pas continuer. »**

– Kedves szülők – mondta a nővér –, ez így nem mehet
tovább.

**Et elle a frappé du poing sur la table pour appuyer ses
propos.**

És az asztalra csapott a kezével, hogy bizonyítsa a
mondanivalóját.

**« Je ne prononcerai pas le nom de mon frère devant ce
monstre. »**

„Nem fogom kimondani a bátyám nevét ennek a
szörnyetegnek az előtt.”

**« C'est pourquoi je le dis aussi crûment que possible : »**

„Ezért mondom ezt a lehető legkeményebben:”

**«Nous n'avons pas d'autre choix que de nous débarrasser de
cet animal.»**

„Nincs más választásunk, mint megszabadulni ettől az
állattól.”

**« Nous avons fait de notre mieux pour tolérer et prendre
soin de cet animal. »**

„Mindent megtettünk, hogy elviseljük és gondoskodjunk erről
az állatról.”

**« Je ne pense pas que quiconque puisse nous blâmer, même
légèrement. »**

– Azt hiszem, senki a legcsekélyebb mértékben sem
hibáztathat minket.

**« Elle a mille fois raison », a acquiescé le père.**

– Ezerszeresen igaza van – helyeselt az apa.

**La mère n'avait pas encore complètement repris son souffle.**

Az anya még mindig nem kapta vissza teljesen a levegőt.

**Elle se mit à tousser sourdement dans sa main, la respiration
lourde.**

Tompán köhögni kezdett a tenyerébe, zihálva.

Et une expression de folie commença à apparaître dans ses yeux.

És egy őrült kifejezés kezdett kirajzolódni a szemében.

La sœur s'est précipitée vers sa mère et lui a pris le front.

A nővér az anyjához rohant, és a homlokát fogta.

Les paroles de la sœur semblaient inspirer le père.

Az apát látszólag megihlették a nővér szavai.

Et ses pensées semblaient plus claires qu'auparavant.

És gondolatai tisztábbnak tűntek, mint korábban.

Il cessa d'acquiescer et se redressa.

Abbahagyta a bólogatást, és újra felült.

Et il jouait avec la casquette de son serviteur, plongé dans ses pensées.

És mélyen elgondolkodva játszadozott a szolgai sapkájával.

Les assiettes des locataires étaient encore sur la table.

A bérlők tányérjai még mindig az asztalon voltak.

Et il regardait parfois vers Gregor, qui restait silencieux.

És néha a hallgatag Gregorra pillantott.

« Nous devons essayer de nous en débarrasser », lui dit sa sœur.

„Meg kell próbálnunk megszabadulni tőle" – mondta neki a nővér.

La mère était trop occupée à tousser pour écouter.

Az anya túlságosan lekötötte a köhögés ahhoz, hogy meghallgassa.

« Ça va vous tuer tous les deux, je le vois déjà venir. »

„Mindkettőtöket meg fog ölni, már látom magam előtt, hogy jönni fog."

«Nous ne pouvons pas tous continuer à travailler aussi dur que nous le faisons.»

„Nem dolgozhatunk mindannyian továbbra is olyan keményen, mint most."

« Et chaque jour, nous devons rentrer chez nous et subir ce supplice. »

„És minden nap haza kell térnünk erre a kínzásra."

« Nous n'en pouvons plus. Je n'en peux plus. »

„Nem bírjuk tovább. Én ezt nem bírom elviselni."

**Elle s'est effondrée dans les bras de sa mère, en larmes une dernière fois.**
Utolsó könnyeivel borult az anyjához.
**Les larmes coulèrent sur son visage et sur celui de sa mère.**
A könnyek lefolytak az arcán, és az anyja arcára hullottak.
**Et elle essuya ses larmes d'un geste machinal.**
És gépies mozdulattal letörölte a könnyeit.
**« Mon enfant », dit le père d'une voix compatissante.**
– Gyermekem – mondta az apa együttérző hangon.
**Il y avait une profonde sympathie et une grande compréhension dans sa voix.**
Mély együttérzés és megértés csengett a hangjában.
**« Mais que devons-nous faire ? » avoua-t-il ne pas savoir.**
„De mit tegyünk?" – vallotta be, hogy nem tudja.
**La sœur haussa simplement les épaules, impuissante.**
A nővér csak tehetetlenül megvonta a vállát.
**Et sa confiance d'antan fit de nouveau place aux larmes.**
És korábbi magabiztosságát ismét könnyek váltották fel.
**« Si seulement il nous comprenait », dit le père à voix haute.**
– Bárcsak megértene minket – mondta hangosan az apa.
**Et il se demandait à moitié si Gregor avait compris.**
És félig-meddig megkérdőjelezte, hogy vajon Gregor talán megértette-e.
**La sœur lui a secoué la main violemment en pleurant.**
A nővér csak hevesen rázta a kezét, miközben sírt.
**Elle a donc indiqué qu'il ne fallait pas envisager cette idée.**
Így hát jelzést adott, hogy az ötletre gondolni sem szabad.
**« Mais si seulement il nous comprenait », répéta le père.**
– Bárcsak megértene minket! – ismételte az apa.
**Les yeux fermés, il réfléchit à la réponse de sa sœur.**
Lehunyta a szemét, és átgondolta a nővér válaszát.
**« S'il comprenait qu'un accord pouvait être conclu avec lui. »**
„Ha megértette volna, meg lehetett volna vele állapodni."
**« Mais vu la situation actuelle... »**
„De mivel a dolgok úgy állnak, ahogy vannak..."
**«Il faut l'enlever,» s'écria la sœur, «c'est la seule solution.»**
– Mennie kell! – kiáltotta a nővér. – Ez az egyetlen út.

«Il faut vous débarrasser de l'idée que c'est Gregor.»

„Meg kell szabadulnod attól a gondolattól, hogy Gregor az."

« Notre véritable malheur, c'est d'y avoir cru si longtemps. »

„Az, hogy ilyen sokáig hittük, a mi igazi balszerencsénk."

« Mais comment est-ce possible que ce soit Gregor ? »
demanda-t-elle à son père.

„De hogy lehet az Gregor?" – kérdezte az apjától.

« Il savait qu'un tel animal ne pouvait pas coexister avec les
humains. »

„Tudta, hogy egy ilyen állat nem tud együtt élni az emberrel."

« Gregor nous aurait quittés depuis longtemps,
volontairement. »

„Gregor már rég elhagyott volna minket, önként."

« C'est vrai, nous n'aurions alors plus de frère. »

„Igaz, akkor nem lenne testvérünk."

« Mais nous pourrions continuer à vivre et à honorer sa
mémoire. »

„De tovább élhetnénk és tisztelhetnénk az emlékét."

« Mais cette bête nous poursuit et chasse nos locataires. »

„De ez a fenevad üldöz minket és elűzi a bérlőinket."

« De toute évidence, il veut s'emparer de tout l'appartement.
»

„Nyilvánvalóan az egész lakást le akarja foglalni."

« Cette bête veut nous faire dormir dans la rue. »

„Ez a szörnyeteg az utcán akar minket aludtatni."

« Regarde, papa, » s'écria-t-elle soudain, « il bouge à
nouveau ! »

– Nézd, apa! – kiáltotta hirtelen. – Megint mozog!

Et elle fit quelque chose que même Gregor ne put
comprendre.

És olyasmit tett, amit még Gregor sem értett.

Elle se repoussa, comme pour sacrifier sa mère.

Ellökte magát, mintha feláldozná az anyját.

Et elle a couru derrière son père pour trouver une sorte de
sécurité.

És az apja mögé futott, hogy valamiféle biztonságba kerüljön.

Le père n'était agité que parce que sa fille l'était.

Az apa csak azért volt izgatott, mert a lánya is az volt.

**Mais lui aussi se leva et leva les bras au-dessus d'elle.**

De aztán ő is felállt, és fölébe emelte a karját.

**Mais Gregor n'avait aucune intention d'effrayer qui que ce soit.**

De Gregornak esze ágában sem volt senkit megijeszteni.

**Il n'avait surtout aucune intention d'effrayer sa sœur.**

Főleg nem gondolt arra, hogy megijessze a húgát.

**Il essayait simplement de faire demi-tour pour retourner dans sa chambre.**

Épp vissza akart fordulni a szobája felé.

**Mais, compte tenu de l'aggravation de son état, même cela devenait difficile.**

De romló állapotában még ez is nehéz volt.

**Et il ne pouvait plus se servir pleinement de ses jambes.**

És már nem tudta teljesen használni az összes lábát.

**Il utilisa donc sa tête pour soulever son corps et se retourner.**

Így hát a fejével emelte fel a testét és megfordult.

**Il marqua une pause et chercha l'approbation de sa famille du regard.**

Szünetet tartott, és körülnézett, hogy a család helyeseljen.

**Il semble que sa bonne intention ait été reconnue.**

Jó szándékát látszólag felismerték.

**Son mouvement ne leur avait procuré qu'un choc momentané.**

Mozdulata csak egy pillanatnyi sokkot okozott nekik.

**À présent, ils le regardaient tous en silence, visiblement malheureux.**

Most mindannyian boldogtalan csendben néztek rá.

**La mère était toujours allongée dans le fauteuil, épuisée.**

Az anya még mindig a karosszékben feküdt, kimerülten.

**Le père et la sœur étaient assis l'un à côté de l'autre.**

Az apa és a nővér egymás mellett ültek.

**« Peut-être qu'ils me laisseront faire demi-tour maintenant », pensa Gregor.**

„Talán most már hagyják, hogy megforduljak" – gondolta Gregor.

**Et il continua à effectuer son mouvement de rotation maladroit.**

És folytatta esetlen fordulómozdulatát.

**Il ne pouvait réprimer les halètements occasionnels dus à l'effort.**

Nem tudta elfojtani az erőlködéstől időnként feltörő zihálásokat.

**Et il a été contraint de se reposer à plusieurs reprises entre-temps.**

És közben néhányszor pihenőre is kényszerült.

**Plus personne ne le pressait ; c'était à lui de décider.**

Most már senki sem siettetette; rajta múlott.

**Finalement, il acheva ce virage lent et douloureux.**

Végül befejezte a lassú és fájdalmas fordulatot.

**Il se dirigea aussitôt vers sa chambre.**

Azonnal elkezdett egyenesen visszamenni a szobájába.

**Il était stupéfait de la distance qui le séparait de sa chambre.**

Megdöbbentett, milyen messze van a szobájától.

**Comment, malgré sa faiblesse, avait-il réussi à y parvenir auparavant ?**

Hogyan jutott el idáig, gyengesége ellenére?

**Il avait emprunté presque le même chemin sans s'en apercevoir.**

Majdnem ugyanazon az úton haladt, anélkül, hogy észrevette volna.

**Il se concentrait simplement sur le fait de ramper aussi vite qu'il le pouvait.**

Most már csak arra koncentrált, hogy olyan gyorsan másszon, ahogy csak bírt.

**L'absence de commentaires ne le dérangeait pas.**

Az sem zavarta, hogy senkitől sem érkezett megjegyzés.

**Ce n'est que lorsqu'il fut déjà à l'intérieur qu'il tourna la tête.**

Csak amikor már az ajtóban volt, fordította el a fejét.

**Mais il n'a pas pu se retourner complètement.**

De nem volt képes megfordulni, hogy teljesen hátranézzen.

**Car il sentit sa nuque se raidir encore davantage en se tournant.**

Mert érezte, hogy a nyaka még jobban megmerevedik, ahogy megfordul.

**Mais il constata que rien n'avait changé derrière lui.**

De látta, hogy mögötte úgysem változott semmi.

**La seule différence, c'est que sa sœur s'était levée.**

Az egyetlen különbség az volt, hogy a húga felállt.

**Son dernier regard lui montra que sa mère s'était endormie.**

Utolsó pillantása azt mutatta, hogy anyja elaludt.

**Dès qu'il fut entré dans sa chambre, la porte fut fermée.**

Amint beért a szobájába, az ajtó becsukódott.

**Et dès que la porte fut fermée, le verrouilla.**

És amint becsukódott az ajtó, a zár zárva volt.

**Gregor fut effrayé par le bruit inattendu derrière lui.**

Gregort megijesztette a mögötte hallatszó váratlan zaj.

**Et ses jambes fléchirent sous lui, surprises par la soudaineté.**

És a lábai megroggyantak a hirtelen meglepetéstől.

**C'est sa sœur qui s'était précipitée vers la porte derrière lui.**

A nővér volt az, aki mögötte az ajtóhoz rohant.

**Elle s'était déjà dressée, et l'attendait.**

Már ott állt egyenesen, és várta őt.

**Elle fit alors un petit saut en avant sans que Gregor ne l'entende.**

Aztán könnyedén előreugrott, anélkül, hogy Gregor meghallotta volna.

**« Enfin ! » s'écria-t-elle en tournant la clé.**

„Végre!" – kiáltotta hangosan, miközben elfordította a kulcsot.

**« Et maintenant ? » se demanda Gregor, seul dans l'obscurité.**

„Most mi van?" – kérdezte magában Gregor, egyedül a sötétben.

**Il s'aperçut bientôt qu'il ne pouvait plus bouger du tout.**

Hamarosan rájött, hogy már egyáltalán nem tud mozogni.

**Mais son immobilité ne le surprenait pas vraiment.**

De igazából nem lepődött meg a mozdulatlanságán.

**Pouvoir se déplacer sur des jambes aussi fines semblait ridicule.**
Nevetségesnek tűnt, hogy ilyen vékony lábakon lehet mozogni.
**Il ne savait pas comment il avait pu y parvenir.**
Fogalma sem volt, hogyan volt képes rá valaha is.
**Mais à part ça, il se sentait relativement à l'aise.**
De ettől eltekintve viszonylag kényelmesen érezte magát.
**Il est vrai qu'il ressentait une douleur intense dans tout le corps.**
Az igaz, hogy mély fájdalmat érzett az egész testében.
**Mais la douleur semblait s'atténuer de plus en plus.**
De a fájdalom egyre gyengébbnek tűnt.
**Et il avait l'impression que la douleur finirait par disparaître.**
És úgy érezte, hogy a fájdalom végül elmúlik.
**Il sentait à peine la pomme pourrie dans son dos.**
Alig érezte már a rothadt almát a hátában.
**Il repensa à sa famille avec émotion et amour.**
Szeretettel és meghatódva gondolt vissza családjára.
**Il ressentait les émotions de sa sœur encore plus intensément qu'elle.**
Még jobban átérezte a nővére érzelmeit, mint az övé.
**Elle avait raison ; il devait partir.**
Igaza volt abban, amit mondott; mennie kellett.
**Il passa quelque temps dans cet état désert et paisible.**
Egy ideig ebben az üres és békés állapotban tartózkodott.
**L'horloge sonna trois fois, doucement mais fermement.**
Az óra háromszor ütött, halkan, de határozottan.
**Gregor fut doucement tiré de ses pensées.**
Gregort gyengéden kirángatták elmélkedéséből.
**Il regarda la lumière du matin pénétrer lentement dans sa chambre.**
Nézte, ahogy a reggeli fény lassan besüt a szobájába.
**Puis sa tête s'affaissa complètement, malgré lui.**
Aztán a feje teljesen lehajlott, akarata nélkül.
**Et son dernier souffle s'échappa faiblement de ses narines.**

És utolsó lélegzete gyengén áradt ki az orrlyukaiból.

**La femme de chambre est entrée dans sa chambre tôt le matin.**
A szobalány kora reggel bejött a szobájába.
**Elle n'a rien trouvé d'inhabituel lors de sa courte visite habituelle.**
A szokásos rövid látogatása során semmi szokatlant nem talált.
**À bout de forces et dans la précipitation, elle claqua toutes les portes.**
Erejéből és sietségéből kifogyva becsapta az összes ajtót.
**Il était impossible de dormir paisiblement dans tout l'appartement.**
Az egész lakásban nem lehetett nyugodtan aludni.
**On lui avait demandé d'éviter de faire cela le matin.**
Arra kérték, hogy reggelente kerülje ezt.
**Elle pensait qu'il restait allongé là, immobile, exprès.**
Azt hitte, szándékosan fekszik ott ilyen mozdulatlanul.
**Peut-être voulait-il lui montrer qu'il était offensé.**
Talán meg akarta mutatni neki, hogy megsértődött.
**Elle lui faisait confiance et pensait qu'il était doté d'une intelligence hors du commun.**
Bízott benne, hogy mindenféle intelligenciával rendelkezik.
**Il se trouve qu'elle tenait le long balai à la main.**
Véletlenül a hosszú seprűt tartotta a kezében.
**Alors, depuis la porte, elle essaya de chatouiller un peu Gregor.**
Így hát az ajtóból megpróbálta egy kicsit megcsiklandozni Gregort.
**Elle était un peu agacée qu'il ne réponde pas du tout.**
Egy kicsit bosszantotta, hogy a férfi egyáltalán nem reagált.
**Alors cette fois, elle le poussa un peu plus fermement.**
Így hát ezúttal egy kicsit határozottabban lökte meg.
**Comme il n'opposait aucune résistance, elle l'examina de plus près.**

Mivel a férfi nem tanúsított ellenállást, jobban szemügyre vette.

**Elle comprit rapidement ce qui était réellement arrivé à Gregor.**

Hamarosan rájött, mi is történt valójában Gregorral.

**Elle ouvrit davantage les yeux et siffla pour elle-même.**

Tágabbra nyitotta a szemét, és magában fütyült.

**Mais elle n'a pas tardé à ouvrir la porte.**

De nem vesztegette sokáig az időt, mielőtt kinyitotta az ajtót.

**Et elle cria d'une voix forte dans l'obscurité :**

És hangosan kiáltott a sötétségbe:

**«Viens voir, il est là, complètement mort.»**

„Gyere, nézd meg, ott fekszik, teljesen halott."

**Les deux parents étaient assis bien droits dans leur lit conjugal.**

A két szülő egyenesen ült a házastársi ágyában.

**Il leur fallait d'abord surmonter le choc du bruit.**

Először is le kellett küzdeniük a zaj okozta sokkot.

**Mais peu à peu, ils ont commencé à comprendre son message.**

De aztán lassan kezdték felfogni az üzenetét.

**Monsieur et Madame Samsa ont chacun sauté de leur côté du lit.**

Samsa úr és asszony kiugrottak az ágyból a saját oldalukon.

**M. Samsa jeta l'épaisse couverture sur ses épaules.**

Samsa úr a vállára terítette a vastag takarót.

**Et Mme Samsa sortit vêtue uniquement de sa chemise de nuit.**

És Samsa asszony semmiben, csak a hálóingében jött ki.

**C'est ainsi qu'ils entrèrent dans la chambre de Gregor.**

És így léptek be Gregor szobájába.

**Entre-temps, la porte du salon s'était également ouverte.**

Közben a nappali ajtaja is kinyílt.

**Grete y dormait depuis l'emménagement des locataires.**

Grete ott aludt, mióta a bérlők beköltöztek.

**Elle était entièrement habillée comme si elle n'avait pas dormi du tout.**

Teljesen fel volt öltözve, mintha egy pillanatot sem aludt volna.

**Son visage pâle semblait également témoigner de son manque de sommeil.**

Sápadt arca is a kialvatlanságát bizonyította.

**« Il est mort ? » demanda Mme Samsa en regardant la bonne.**

„Meghalt?" – kérdezte Samsa asszony, a szobalányra nézve.

**Elle aurait pu le confirmer en le regardant elle-même.**

Ezt azzal is megerősíthette volna, ha maga is ránéz.

**« Je le crois », dit la bonne en ramassant le balai.**

– Azt hiszem – mondta a szobalány, és felvette a seprűt.

**Et elle a poussé son corps sur une longue distance à travers le sol.**

És messzire tolta a testét a padlón.

**Mme Samsa fit un mouvement comme si elle voulait l'arrêter.**

Samsa asszony olyan mozdulatot tett, mintha meg akarná állítani.

**Mais finalement, elle a laissé la bonne faire glisser Gregor.**

De végül hagyta, hogy a szobalány gurítsa Gregort.

**« Eh bien, » dit M. Samsa, « enfin nous pouvons remercier Dieu. »**

– Nos – mondta Mr. Samsa –, végre hálát adhatunk Istennek.

**Il fit le signe de croix : tête, poitrine, épaules.**

Keresztet vetett; fej, mellkas, vállak.

**Et les trois femmes suivirent son exemple religieux.**

És a három nő követte vallásos példáját.

**Grete, qui ne quittait pas le cadavre des yeux, dit :**

Grete, aki nem vette le a szemét a holttestről, megszólalt;

**«Regardez comme il est maigre, il n'a pas mangé depuis si longtemps.»**

„Nézd, milyen sovány volt, olyan régóta nem evett."

**« La nourriture que je lui laissais chaque matin restait toujours intacte. »**

„Az étel, amit minden reggel otthagytam neki, mindig érintetlen volt."

**En fait, le corps de Gregor était complètement plat et sec.**

Valójában Gregor teste teljesen lapos és száraz volt.

**C'était plus visible maintenant qu'il était au sol.**

Ez most, hogy a földön volt, még jobban látszott.

**Parce que son corps n'était plus soutenu par ses jambes.**

Mert a testét már nem a lábai emelték fel.

**Et parce que rien d'autre ne venait distraire la vue.**

És mivel semmi más nem zavarta a kilátást.

**«Viens avec nous un moment, Grete», dit Mme Samsa.**

– Gyere be hozzánk egy kicsit, Grete – mondta Samsa asszony.

**Un sourire douloureux se dessinait sur ses lèvres lorsqu'elle parlait.**

Fájdalmas mosoly játszott az ajkán, miközben beszélt.

**Grete les suivit, mais jeta aussi un coup d'œil en arrière au cadavre.**

Grete követte őket, de visszanézett a holttestre is.

**La bonne ferma la porte et ouvrit grand la fenêtre.**

A szobalány becsukta az ajtót, és teljesen kinyitotta az ablakot.

**Il était encore tôt, l'air était donc normalement froid.**

Még korán volt, így a levegő általában hideg szokott lenni.

**Mais il y avait aussi un mélange de chaleur dans l'air froid.**

De a hideg levegőben melegség is vegyült.

**Comme un doux rappel que c'était désormais la fin du mois de mars.**

Mint egy halk emlékeztető arra, hogy már március vége van.

**Les trois locataires sortirent alors eux aussi de leur chambre.**

A három bérlő most szintén kilépett a szobájából.

**Ils cherchèrent leur petit-déjeuner avec étonnement.**

Ámulva néztek körül, hogy mit ehetnek a reggelijükkel.

**Le petit-déjeuner a été oublié à cause de ce que la femme de chambre a trouvé.**

A reggelit elfelejtették amiatt, amit a szobalány talált.

**« Où est le petit-déjeuner ? » grommela l'homme du milieu.**

„Hol a reggeli?" – morgolódott a középső úriember.

**La bonne porta son doigt à sa bouche pour demander le silence.**

A szobalány a szájához emelte az ujját, hogy csendet parancsoljon.

**Et elle salua les messieurs d'un geste rapide et silencieux.**

És sietve, szótlanul integetett az uraknak.

**La servante fit entrer les trois messieurs dans la pièce.**

A szobalány bevezette a három urat a szobába.

**Et elle a continué à leur expliquer ce qui s'était passé.**

És tovább magyarázta nekik, mi történt.

**Et les trois messieurs se tinrent autour du corps de Gregor.**

A három úriember pedig Gregor holtteste körül állt.

**Les mains dans les poches, ils baissèrent les yeux.**

Zsebre dugott kézzel lefelé néztek.

**La lumière du matin inondait désormais complètement la pièce.**

A reggeli fény mostanra teljesen elárasztotta a szobát.

**La porte de la chambre s'ouvrit alors et M. Samsa apparut.**

Aztán kinyílt a hálószoba ajtaja, és megjelent Mr. Samsa.

**D'un côté se trouvait sa femme, et de l'autre sa fille.**

Az egyik oldalon a felesége, a másikon a lánya ült.

**M. Samsa portait déjà son uniforme.**

Mr. Samsa ekkorra már az egyenruháját viselte.

**On pouvait voir qu'ils avaient tous un peu pleuré.**

Látszott, hogy mindannyian sírtak egy kicsit.

**Grete pressa son visage contre le bras de son père.**

Grete az arcát az apja karjához nyomta.

**« Quittez mon appartement immédiatement ! » ordonna M. Samsa.**

„Azonnal hagyja el a lakásomat!" – parancsolta Mr. Samsa.

**Et il désigna la porte sans laisser partir les femmes.**

És az ajtóra mutatott anélkül, hogy elengedte volna a nőket.

**« Que voulez-vous dire ? » demanda l'intermédiaire, déconcerté.**

„Hogy érted ezt?" – kérdezte a középső férfi zavartan.

**Et il fit de son mieux pour sourire gentiment à M. Samsa.**

És igyekezett kedvesen mosolyogni Samsa úrra.

**Les deux autres tenaient leurs mains derrière leur dos.**

A másik kettő a háta mögé kulcsolta a kezét.

**Et ils se frottèrent les mains d'impatience.**

És izgatottan dörzsölték össze a kezüket.

**Ils semblaient s'attendre à une violente dispute.**
Úgy tűnt, hangos veszekedésre számítottak.
**Mais ils semblaient se réjouir de la dispute à venir.**
De úgy tűnt, örülnek a közelgő vitának.
**Ils pensaient que le litige tournerait à leur avantage.**
Azt hitték, a vita az ő javukra fog dőlni.
**« Je maintiens exactement ce que je viens de dire », a répondu M. Samsa.**
– Pontosan azt értem, amit az előbb mondtam – felelte Mr. Samsa.
**Il marchait en ligne droite avec ses deux compagnons.**
Két társával egyenes vonalban haladt.
**Et M. Samsa s'est adressé directement à leur responsable.**
És Mr. Samsa egyenesen a vezető úriemberhez lépett.
**Le monsieur resta d'abord immobile, le regard fixé au sol.**
Az úr először mozdulatlanul állt, és a földet nézte.
**Le contenu de sa tête était encore en train de se réorganiser.**
A fejében lévő dolgok még mindig próbálták elrendezni magukat.
**« Très bien, nous y allons », dit-il en levant les yeux vers M. Samsa.**
– Rendben, megyünk – mondta, és felnézett Mr. Samsára.
**Une nouvelle humilité semblait l'avoir soudainement envahi.**
Úgy tűnt, hirtelen egy újfajta alázat lett úrrá rajta.
**Et il semblait demander la permission pour cette décision.**
És úgy tűnt, mintha engedélyt kért volna erre a döntésre.
**M. Samsa ouvrit grand les yeux et hocha légèrement la tête.**
Samsa úr tágra nyitotta a szemét, és bólintott egyet.
**Les messieurs obéirent immédiatement à son ordre.**
Az urak azonnal engedelmeskedtek a parancsnak.
**Et ils ont effectivement fait de longues enjambées dans le couloir.**
És valóban hosszú léptekkel be is léptek a folyosóra.
**Ses amis avaient déjà cessé de se frotter les mains.**
A barátai már abbahagyták a kézdörzsölést.
**Ils avaient écouté le déroulement de la conversation.**

Figyelemmel hallgatták, hogyan alakul a beszélgetés.
**Et maintenant, ils couraient après lui, comme pris de peur.**
És most már futottak utána, mintha félnének.
**M. Samsa pourrait encore les isoler de leur chef.**
Mr. Samsa talán még mindig elszigeteli őket a vezetőjüktől.
**Ils ont sorti leurs bâtons du récipient.**
Előhúzták a botjaikat a bottartóból.
**Et ils s'inclinèrent en silence avant de quitter l'appartement.**
És némán meghajoltak, mielőtt elhagyták a lakást.
**M. Samsa et les deux femmes sortirent sur le parvis.**
Mr. Samsa és a két nő kilépett az előudvarba.
**Mais en réalité, ils n'avaient aucune raison de se méfier de ces hommes.**
De valójában semmi okuk nem volt arra, hogy bizalmatlanok legyenek a férfiakkal szemben.
**Ils s'appuyèrent sur la rambarde pour vérifier s'ils étaient partis.**
A korlátnak támaszkodtak, hogy ellenőrizzék, elmentek-e.
**Les trois messieurs descendaient effectivement les escaliers.**
A három úr valóban lefelé tartott a lépcsőn.
**Ils disparurent dans un virage de l'escalier.**
A lépcső egy bizonyos kanyarulatában eltűntek.
**Puis l'escalier les ramena à la vue.**
Aztán a lépcső újra láthatóvá tette őket.
**Ce phénomène d'apparition et de disparition se répétait à chaque étage.**
Ez a megjelenés és eltűnés minden emeleten megismétlődött.
**Mais finalement, ils étaient presque arrivés au fond.**
De végül majdnem a mélypontra értek.
**Plus ils avançaient, moins ils étaient intéressants.**
Minél tovább mentek, annál érdektelenebbek lettek.
**Tout le monde est rentré à la maison, comme soulagé.**
Mindenki megkönnyebbülten tért vissza a házba.
**Ils décidèrent de profiter de la journée pour se reposer et aller se promener.**
Úgy döntöttek, hogy a napot pihenésre és sétára szánják.
**Ils estimaient avoir mérité cette pause dans leur travail.**

Úgy érezték, megérdemlik ezt a szünetet a munkájukban.

**Non seulement ils méritaient cette pause, mais ils en avaient besoin.**

Nemcsak megérdemelték ezt a szünetet, hanem szükségük is volt rá.

**Ils s'assirent à table pour écrire des lettres d'excuses.**

Leültek az asztalhoz, hogy bocsánatkérő leveleket írjanak.

**M. Samsa a adressé une lettre d'excuses à sa direction.**

Samsa úr megírta bocsánatkérő levelét a vezetőségének.

**Mme Samsa a écrit sa lettre d'excuses à ses clients.**

Samsa asszony megírta bocsánatkérő levelét ügyfeleinek.

**Et Grete a écrit sa lettre d'excuses à son directeur.**

Grete pedig megírta a bocsánatkérő levelét az igazgatójának.

**Pendant qu'ils écrivaient tous, la bonne entra dans la pièce.**

Miközben mindannyian írtak, bejött a szobalány a szobába.

**Son travail du matin était terminé, elle rentrait donc chez elle.**

A délelőtti munkája véget ért, így hazament.

**Les trois écrivains hochèrent d'abord la tête, sans lever les yeux.**

A három író először bólintott, anélkül, hogy felnézett volna.

**Mais la bonne ne semblait pas encore vouloir partir.**

De a szobalány láthatóan még nem akart elmenni.

**Elle attendit un peu, jusqu'à ce que les trois écrivains lèvent les yeux.**

Várt egy kicsit, amíg a három író felnézett.

**« Eh bien ? » demanda M. Samsa, en colère, comme l'étaient les autres.**

„Nos?" – kérdezte Samsa úr, dühösen, akárcsak a többiek.

**La bonne se tenait sur le seuil, un sourire aux lèvres.**

A szobalány mosolyogva állt az ajtóban.

**Elle donnait l'impression d'avoir de bonnes nouvelles à annoncer.**

Azt a benyomást keltette, hogy jó hírei vannak.

**Mais elle n'allait pas partager la nouvelle à moins qu'on ne le lui demande.**

De nem akarta megosztani a hírt, hacsak nem kérik meg rá.

**La plume d'autruche dressée sur son chapeau oscillait légèrement.**

A kalapján lévő, felálló strucctoll kissé megingott.

**Cette plume d'autruche avait toujours agacé M. Samsa.**

Az a strucctoll mindig is idegesítette Samsa urat.

**« Alors, que voulez-vous ? » demanda Mme Samsa, d'un ton ferme.**

„Szóval, mit akar akkor?" – kérdezte határozottan Samsa asszony.

**La bonne avait encore beaucoup de respect pour Mme Samsa.**

A szobalány még mindig nagyon tisztelte Samsa asszonyt.

**« Oui », répondit-elle, et elle éclata d'un rire amical.**

– Igen – válaszolta a lány, és barátságosan felnevetett.

**Un instant, son rire l'empêcha de parler.**

A nevetése egy pillanatra megállította a beszédben.

**« Tu n'as pas à t'inquiéter pour ce qui se passe chez le voisin. »**

– Nem kell aggódnod amiatt a szomszéd miatt.

**« J'ai déjà prévu comment nous allons nous en débarrasser. »**

– Már elrendeztem, hogyan szabadulunk meg tőle.

**Mme Samsa et Grete continuèrent à écrire leurs lettres.**

Samsa asszony és Grete folytatták leveleik írását.

**Mais M. Samsa remarqua que la bonne n'avait pas encore terminé.**

De Samsa úr észrevette, hogy a szobalány még nem végzett.

**Elle voulait maintenant tout décrire plus en détail.**

Most mindent részletesebben akart leírni.

**Mais il tendit la main pour repousser ses avances.**

De kinyújtotta a kezét, hogy visszautasítsa a nő erőfeszítéseit.

**Elle s'est rendu compte qu'ils n'étaient pas intéressés par ses projets.**

Rájött, hogy nem érdeklik őket a tervei.

**Et puis elle se souvint de la grande précipitation dans laquelle elle avait été.**

Aztán eszébe jutott, milyen nagy sietségben volt.

**« Ciao alors », dit-elle, insultée par ce manque d'intérêt.**

– Akkor ciao – mondta, sértődve az érdeklődés hiányán.
**Mais avant de partir, elle a claqué la porte très fort.**
De mielőtt elment volna, rettenetesen erősen becsapta az ajtót.
**« Elle sera licenciée ce soir », a déclaré M. Samsa.**
– Este kirúgják – mondta Mr. Samsa.
**Mais sa femme et sa fille étaient trop occupées pour lui répondre.**
De a felesége és a lánya túl elfoglaltak voltak ahhoz, hogy válaszoljanak neki.
**Parce que la bonne avait troublé leur paix nouvellement acquise.**
Mert a szobalány megzavarta újonnan megszerzett nyugalmukat.
**La mère et la fille se levèrent pour aller à la fenêtre.**
Az anya és a lánya felálltak, hogy az ablakhoz menjenek.
**Et, enlacés, ils restèrent là.**
És átkarolva egymást, ott maradtak.
**M. Samsa se tourna sur sa chaise pour les regarder.**
Mr. Samsa megfordult a székében, hogy rájuk nézzen.
**Et pendant un moment, il les observa en silence, immobiles là.**
És egy ideig csendben figyelte őket, ahogy ott álldogálnak.
**Finalement, il leur cria : « Viendrez-vous à moi ? »**
Végül odakiáltott nekik: „Eljössz hozzám?"
**«Oublions tout ça, d'accord ?»**
– Felejtsük el ezeket a régi dolgokat, jó?
**«Viens à moi et accorde-moi un peu d'attention.»**
„Gyere oda hozzám, és szentelj nekem egy kis figyelmet."
**Les deux femmes firent ce qu'il leur avait dit et se précipitèrent vers lui.**
A két nő engedelmeskedett a parancsnak, és odarohantak hozzá.
**Ils lui ont fait une accolade affectueuse et l'ont embrassé.**
Szerető ölelést adtak neki, és megcsókolták.
**Ils retournèrent rapidement pour terminer la rédaction de leurs lettres.**
Gyorsan visszatértek, hogy befejezzék a leveleik megírását.

**Puis, tous les trois, ils quittèrent l'appartement ensemble.**
Aztán mindhárman együtt elhagyták a lakást.
**Ils n'étaient pas sortis ensemble depuis des mois.**
Hónapok óta nem mentek ki együtt a házból.
**Et ils prirent le tramway jusqu'à la périphérie de la ville.**
És villamossal mentek a város szélére.
**Ils avaient toute la rame du tramway pour eux seuls.**
Az egész villamoskocsi az övék volt.
**La lumière du soleil inondait la pièce par la fenêtre.**
Kintről az ablakon besütött a napsütés.
**La famille se cala confortablement dans ses sièges.**
A család kényelmesen hátradőlt a székeiben.
**Et ils ont discuté de leurs perspectives d'avenir.**
És megvitatták a jövőjük kilátásait.
**À y regarder de plus près, leurs perspectives n'étaient pas
mauvaises.**
Közelebbről megvizsgálva, a kilátásaik nem is tűntek
rossznak.
**Tous les trois occupaient des emplois qui leur permettraient
de gagner davantage.**
Mindhármuknak volt olyan munkájuk, amivel többet tudtak
keresni.
**Ils ne s'étaient jamais interrogés l'un sur l'autre concernant
leur travail.**
Soha nem kérdezték meg egymástól a munkájukról.
**Mais maintenant, ils avaient enfin le temps de discuter de
ces choses-là.**
De most végre volt idejük megbeszélni az ilyesmit.
**Ils avaient également la possibilité de déménager dans un
appartement plus petit.**
Lehetőségük volt kisebb lakásba költözni is.
**Cela aurait le plus grand impact sur leur vie.**
Ennek lenne a legnagyobb hatása az életükre.
**Leur appartement actuel avait été choisi par Gregor.**
A jelenlegi lakásukat Gregor választotta ki.
**Mais maintenant, ils pourraient déménager dans un endroit
plus abordable.**

De most már költözhetnének egy megfizethetőbb helyre.
**Un appartement plus petit, mais dans un endroit plus
pratique.**
Egy kisebb lakás, de valami praktikusabb helyen.
**Parler de l'avenir a redonné vie à Grete.**
A jövőről való beszélgetés ismét élénkebbé tette Grete-et.
**Monsieur et Madame Samsa ont également remarqué
d'autres changements chez elle.**
Samsa úr és asszony más változásokat is észrevettek rajta.
**Ses joues étaient devenues pâles à cause de tous ses soucis.**
Az arca sápadt lett a sok aggodalomtól.
**Mais à présent, leur fille s'épanouissait et devenait une
femme remarquable.**
De most a lányukból előkelő hölgy lett.
**C'était vraiment une belle et jolie jeune femme, maintenant.**
Most már valóban egy jó testalkatú és csinos fiatal nő volt.
**Ses parents se turent et admirèrent leur fille.**
A szülei elhallgattak és csodálták a lányukat.
**Ils échangèrent un regard, communiquant inconsciemment.**
Önkéntelenül beszélgetve néztek egymásra.
**« Il sera bientôt temps de lui trouver un homme bien. »**
„Hamarosan itt az ideje, hogy jó férfit találjunk neki.”
**Le tramway était arrivé à destination et avait ralenti.**
A villamos megérkezett a célállomására, és lelassított.
**Leur fille semblait confirmer leurs nouveaux rêves.**
A lányuk látszólag megerősítette új álmaikat.
**Elle fut la première à se lever et à étirer son jeune corps.**
Ő volt az első, aki felállt és megnyújtóztatta fiatal testét.